ラルーナ文庫

熱砂のロイヤルアルファと孤高のつがい

ゆりの菜櫻

三交社

CONTENTS

Illustration

アヒル森下

熱砂のロイヤルアルファと
孤高のつがい

本作品はフィクションです。
実際の人物・団体・事件などにはいっさい関係ありません。

■　プロローグ　■

今も時々あの頃の夢を見る――。

まだ軋轢《あつれき》も何もなかった十一年前。倉持健司《くらもちけんじ》は瑛凰《えいおう》学園高等部の二年生だった。

瑛凰学園とは、世界屈指の企業グループ、東條《とうじょう》コーポレーションの総帥を育てるために東條一族、本家分家から人材を集め、英才教育を施すために建てられた学園である。一般からの生徒も受け入れており、日本でも有数のエリート校であった。

倉持は両親ともベータのカップルから生まれたアルファである。両親も含め親族中が驚く中、妹もオメガとして生まれ、皆、父方の祖母のアルファ性と、母方の曾祖母《そうそぼ》のオメガ性が関係しているのではないかと考えた。そして両親は倉持の将来を考え、一般から瑛凰学園へと入学させたのだ。

だが、将来を考えたその選択が、皮肉なことに倉持の人生を波乱なものにするきっかけとなってしまった。

あの時、東條家に関《かか》わらなければ、きっと今頃ここにはいない――。

■ I ■

ピピピッ……。

短く電子音が鳴った。スマホのアラームだ。倉持はまだ疲れが取れていない躰《からだ》をどうにか動かし、枕元《まくらもと》にあったスマホに手を伸ばしてアラームを消した。

「はぁ……」

この仮眠室で横になったのが一時間半前だ。とりあえず少しは頭がすっきりしたような気がした。

警察庁、バース課、特別管理官。それが今の倉持の身分である。

バース課は、いわゆる警察庁のエリート集団で、バースというデリケートな犯罪を扱う部署だ。その中でも特別管理官というのは、エリートをまとめられるだけの才覚がある者に与えられ、多くの事件の陣頭指揮を執るエリート中のエリートのことである。

管轄は刑事局ではあるが、その特殊性もあり警備局とも連携を図っている。さらに厚生労働省のバース管理局とも繋《つな》がっており、警察庁の中でも少し特異な部署である。

裏を返せば、忖度《そんたく》がいろいろと業務の邪魔をし、課員としてはあらゆる部署への気遣いが必要で、何をするにも書類優先とも言われる面倒臭い部署でもあった。

現在バース課には、倉持を含め四人の特別管理官が在籍していた。

昨夜《ゆうべ》は厚生労働省のバース管理局の特殊部隊と連携を図り、オメガ取引市場を一斉摘発し、一時、大変な騒ぎとなった。しかし報道規制を敷いたお陰もあり、テレビで騒動を放送されることはなく、国民のほとんどが知らない事件となった。だが、国民が知らない事件だとしても、上部に報告をしなければならない書類はたくさんある。倉持も摘発したその足で警察庁へ戻り、書類の山と戦っていた。

そしてさすがに精魂尽き果て、ふらふらになりながら仮眠室のかび臭いベッドで寝たのが一時間半前である。

ただ、その短い間に夢を見たことは覚えていた。十一年前、かつて親友だった男、東條本家の嫡男、東條将臣《まさおみ》を裏切ったあの日の夢だった。

「まったく、しつこい夢だな……」

きっと昨夜の摘発で東條将臣の姿を垣間見《かいまみ》てしまったからだろう。

今回の一斉検挙は、実は倉持が仕組んだものだった。自分の権限だけでは管轄が違うバース管理局の特殊部隊を簡単に動かすことはできない。上との連携を密にとり、さらに上層部のくだらないメンツを傷つけないように充分に配慮した形でないと、まず無理であるし、時間もかかる。そこで、将臣を使うことにしたのだ。

最高種であったアルファを凌駕《りょうが》すると言われる新たな種、エクストラ・アルファというバースを持つ彼は、自分の伴侶《はんりょ》、アルファオメガの危機を感じた時、バース管理局の特殊部隊を出動させる権限を持っているのだ。なんの根回しもなく、だ。

これを使わない手はない。

さらにちょうど、もう一人の厄介な男からオメガの秘密クラブの垂れ込みがあったのも大きい。

厄介な男――。カーディフ・ラフィータ・ビン・ラム・バルーシュ。アラブの一国サルージュ王国の第三王子のことだ。

乳母が日本人だったということで、日本語も流暢《りゅうちょう》に話せる王子は、世界でも百人程度しかいないとされるエクストラ・アルファの一人である。

希少種のエクストラ・アルファであるのに、倉持に限っていえば、周囲に二人もいて、ある意味、供給過多だ。本来なら最高種であったアルファを、凌駕するような力のあるバースなど、周囲にいないに越したことはないのに、二人もいるとは、自分の運の悪さを呪《のろ》うしかない。

昨夜はそのカーディフに、兄を懲らしめるのにちょうどいいと言われ、彼の兄がオーナーをしている秘密クラブのオメガのＳＭショーの情報を流してもらったのだ。

そこで倉持は、将臣の特殊部隊招集の権限を使うために、彼のつがい、聖也《せいや》を呼び寄せられないかと、カーディフに提案した。すると、元々将臣や聖也に興味を持っていたカーディフは倉持の願いを二つ返事で了承した。

『お前のあまり嬉《うれ》しくない過去に深く関わった二人だろう？　それは私も一度は会って、話をしてみたかった。いい機会だ。その聖也という男、私が攫《さら》ってやろう』

その言い方に嫌な予感しかしなかったが、聖也の身の安全が第一というのもあり、カーディフ自らが聖也を誘い出し、身の安全を約束してくれたことで、渋々承知した。

本音を言えば、さすがにそこまでカーディフに借りを作りたくなかったが、聖也の安全を考えれば、倉持の感情を抑えてでも、彼に頼むのが最善であるのは間違いなく、倉持は仕方なく折れたのだった。

将臣のことがあるので、聖也とも接触を避けていたが、いつも聖也の平穏無事を願っているのは確かだ。もしかして彼の平和をいつか自分が壊してしまう日が来るかもしれないと、思いながらも、だ。

あちこちに矛盾を抱えながら生きているのを今さらながらに感じてしまう。

「今さらだよな、本当に……」

結局、昨夜、聖也を誘拐されたと勘違いした将臣は、倉持の思惑のまま特殊部隊を動かし、一斉検挙となった。

カーディフの情報提供のお陰で、作戦は滞りなく成功し、さらに聖也の安全確保まで彼に任せてしまったことで、思った以上に彼に大きな借りができてしまっている。

そもそも、そんなカーディフに会ったのは去年だった。バース国際会議で偶然彼と話す機会があってから、倉持のどこが気に入ったのか、粉をかけられるようになったのである。

相手にしないほうがいいことはわかっているが、彼の撒《ま》く餌《えさ》があまりにも魅力的で、倉持も渋々彼の手管に嵌《は》まっていた。

縁は切りたいが、情報は欲しい。

なんとも複雑な関係だ。複雑だからこそ、考えるのを後回しにし、とりあえず目の前の事件から片づけている。それが、さらに複雑化していることも理解しているが、どうしようもなかった。

「とにかく今日の十時までには書類を完成させないとな……」

倉持はくしゃくしゃのシャツのままネクタイを締め直し、鏡を見た。

鋭い双眸《そうぼう》の下には濃い隈《くま》ができている。鼻筋は通っており、きちんと身なりを整えれば、それなりに威厳ある特別管理官に見えるはずだ。

自分にそんな言い訳をしながら、倉持はバース課のあるフロアへと戻ったのだった。

＊＊＊

「よお、無事に生還したか」

倉持がバース課にある自分の席に着くと、倉持のシャツと同じ、いやもしかしたらそれ以上によれよれとしたシャツを着た男が声をかけてきた。同期で友人でもある真備宏和《まびひろかず》だ。なかなかの色男で、女性の噂《うわさ》も絶えない彼は、バース課の分析官である。手にはマグカップを持っており、その中には煮詰まった、いわゆる黒に近い色をしたコーヒーが入っていた。

「ああ、どうにか起きたよ。真備、お前、少しは寝たのか？」

「俺の上司の特別管理官殿が仕事の鬼でね。寝ているどころじゃないのさ」

上司の特別管理官というのは、倉持のことだ。同期であるが、倉持のほうが階級は上で、分析官の真備はその下に就く。だが二人だけの時などは言葉遣いもラフなものになった。

「俺がどうこうで、お前は気を遣うようなタマじゃないだろ。細かいミスは命取りだから、少しは寝ろよ」

そう言うと、真備が手に持ったマグカップに口をつけてコーヒーを流し込み、顔を顰《しか》めた。どうやら相当煮詰まった苦いコーヒーのようだ。

「もうすぐ最後のデータの結果が出るから、すべてのデータをまとめたらお前に送る。それから思い切り寝るさ。今寝たら、起きる自信がない。それより、この書類の山、デッドが十時なんだって？」

「言うな。頭が痛くなってくる」

倉持は手で真備をシッシと追い払うが、真備が悪戯《いたずら》っぽく片眉《かたまゆ》を上げながら近寄ってきた。そして周囲の人間に聞こえないように、椅子《いす》に座っている倉持に躰を屈《かが》め、小声で話を続ける。

「ふぅん……。あの殿下以外にもお前の頭を痛くさせるものがあるとはな。ってことは、書類の山に相当手こずっているってことか」

真備の茶々に、思わず睨《にら》む。

「……お前、わざと俺を怒らせようとしているだろう？」

真備の口端が悪戯っぽく持ち上がったかと思うと、屈んでいた躰を起こした。

「どうかな？　徹夜続きでちょっと口が滑っちゃっただけかもぉ」

大男がシナを作って言ってくるが、もちろん、まったく可愛《かわい》くない。

「ほぉ……どうやら真備分析官は仕事が物足りないようだな。こちらの事件の分析も君に回したほうがよさそうだ」

言葉遣いを改め、机に積み上げられているファイルから一つ太いファイルを抜き出して、それを真備の前に差し出してやると、彼が大袈裟《おおげさ》に慄《おのの》いた。

「うわ、やめてくれ。今の仕事で充分だ。生かさず殺さずの絶妙な仕事の分量だってぇの」

まるで恐ろしいものでも見るかのように怯《おび》えた、もちろん彼の演技だが――目でこちらを見つめ、首をふるふると激しく横に振った。

「フン」

倉持はファイルを元の場所に戻すと、再び机の上の書類に目を向けた。

「……なあ、倉持」

背後で今までとは違う、真面目《まじめ》な声色で真備が話しかけてくる。また他の人間には聞こえないくらいの小声だ。倉持はそれを耳だけ傾けて聞いた。

「あの殿下のことは、上には報告しているのか？」

あの殿下――。

思わず舌打ちしそうになる。本音を言えば、『あの殿下』のことを話題にされたくなかった。倉持の弱い部分に触れられるような感触が嫌なのだ。だがそれをあからさまに認めるのも嫌で、溜息《ためいき》一つで感情を誤魔化《ごまか》した。

「――協力者として報告している。上司も承知だ。問題ない」

「協力者？　排除しなくても大丈夫なのか？　あの殿下、エクストラ・アルファなんだろう？　そんな男に……お前、あんなにあからさまに粉かけられているんだぞ。本当に大丈夫か？」

真備の声に真剣みが帯びる。倉持のことを本気で心配してくれている証拠だ。

エクストラ・アルファ。

それはアルファを凌駕する進化形アルファ――。世界で現在百人程度確認されており、少しずつ増えている新種のバースで、それまでトップだったアルファを退け、現在バース性最高種とされている。

多くの能力を持っていることもあり、今や、誰《だれ》もが畏怖《いふ》を抱く存在となっていた。

中でも一番恐れられている能力は『バース変異』だ。エクストラ・アルファには、相手がアルファであろうとベータであろうと、つがいと決めた相手ならオメガにしてしまう力があり、それが発覚したときは、他のバース、特にアルファのバースである人間は戦々恐々とした。

「大丈夫だ。俺がそれに靡《なび》かなければ問題ない」

「……エクストラ・アルファは、アルファをアルファオメガにできる。気をつけろよ」

アルファオメガ――。

エクストラ・アルファがアルファの人間をつがいとして欲したときにだけ変異して現れる特別なバースのことを指す。

アルファの才覚を持ちつつ、オメガの生殖の強さも併せ持ち、産む子供はアルファ、またはエクストラ・アルファのみだと報告されていた。そのため、現在、犯罪に巻き込まれるのを理由に、このバースの存在は日本国内では秘密にされている。

厚生労働省のバース管理局の保護対象とされており、無条件で特殊部隊が動くのも、このバースだけだった。

アルファだった人間が、突然オメガに変異する――。

考えただけでも恐ろしい話だった。倉持も身近に聖也という例があるだけに、人一倍、その大変さは知っているつもりだ。ただ、将臣と彼の伴侶の聖也はその困難を乗り越え、幸せに生活しているので、まったくの絶望とは限らないことも理解している。

「……バースチェックは欠かしていない。真備、お前こそ気をつけろよ。殿下はお前みたいな男がお好みのようだ」

「まじか」

本気で驚いたようで、真備が固まる。その様子につい噴いて笑ってしまった。

「さてな」

二人でしばし見つめ合う。そしてほんのわずか後で、真備が安堵《あんど》の溜息をついた。

「はぁ……脅かすなよ、ったく」

「お前が茶々入れるからだろ」

「茶々って……実際、問題になるんじゃないのか？」

「ならないさ。そんなに長く彼から情報提供をしてもらおうと思ってないからな」

さらりと本音が零《こぼ》れた。自分は彼からある程度の情報を得たら、すべてを終了させるつもりであった。長く関係を続けるつもりはない。

「そうなのか？」

真備が怪訝《けげん》そうに尋ねてくる。

「ああ、そうさ」

答えることで、自分の考えを肯定した。だが、真備はまだこちらを不審そうに見つめている。

「なんだよ」

「あ、いや。少し安心しただけだ」

「何に？」

「なんだろうな。ま、いいや。それじゃ、俺もそろそろ分析室に戻るわ。じゃあな」

彼は手に持ったマグカップを軽く掲げて、部屋から出ていった。それで彼が特別に何も用事がないのに、ここへ顔を出したことにふと気づく。たぶん倉持が無事に仮眠室から起きてきたかを、わざわざ確認しに来てくれたのだろう。

あいつ、本当におかん気質だな……。

つい笑ってしまう。

「さて、朝の十時までに、残りの書類、全部チェックしないとな」

周囲を見渡すと、朝の四時だというのに、明かりが煌々《こうこう》と輝き、他の課員も書類や後始末に追われていた。昨夜は大きな摘発であったし、労働省の特殊部隊とあくまで偶然に鉢合わせたという形にするべく、書類上の辻褄《つじつま》合わせに苦労しているのだ。

「くだらない後始末だが、それが国家公務員の宿命……はぁ……」

ぼやきながら、倉持も書類のチェックを再開した。

どれくらい経っただろうか。黙々と書類を片づけていた倉持のスマホが、椅子にかけてあったスーツの上着のポケットで振動しているのに気づいた。

慌ててポケットからスマホを取り出すと、見知らぬ番号が表示されていた。いや、正確に言うと、一度だけ見たことがある番号だ。それもあまり出たくない番号であることも覚えていた。

出ずにいて、逆に意識しているように思われるのも癪《しゃく》なので、乱雑に通話ボタンをタップし、勢いで出る。

「はい」

『後始末に追われているのか？』

甘く低い声が倉持の鼓膜を揺らした。

「どちら様なのかわからない電話で、そんな質問には答えられませんね」

席を立ち、部屋の外へ出ながら吐き捨てると、通話口の向こうから低く笑う声がする。

倉持が不機嫌に電話に出ることを予想でもしていたのだろう。倉持が男の思い通りの出方をしたので、どうやら喜ばせてしまったようだ。

「間違い電話のようですので、切らせていただきます」

本気で切ろうと指をスマホに滑らせたときだった。男がようやく笑いを止めた。

『私だ。昨夜の捕り物の礼を受け取っていないのだが？　忘れてはおるまい？』

「っ……」

つい言葉が詰まってしまった。男に隙《すき》を与えたと言ってもいいかもしれない。案の定、男は嬉々《きき》として言葉を続ける。

『まさか、善良なる一般市民からの有力な情報を、お前一人の手柄にするのか？』

「……どこが、善良なる、ですか。しかも一般市民ではないでしょう、あなたは」

一国の王子と話すには、あまりにもぞんざいな敬語だが。

『元気だな。それくらい元気なら、今夜会えそうだな。九時に仕事を終わらせろ。警察庁前まで迎えに行く。お前が少しでも遅れると、私の車を見て皆が騒ぐだろうから、遅刻はお前のためにもしないほうがいいぞ』

「迎えになんて来なくていいです。悪目立ちする」

『迎えに行かないと、逃げるだろう？』

行動を読まれている。

「だから人の話を聞いてください」

『お前もたまには私の言葉を聞け。ではまた夜に』

その声とともに、通話音の切れた音が聞こえた。まったく倉持の話を聞く気はないという態度だ。

「くそっ、この色ボケ王子が」

一応、辺りを気にして、小さく悪態をつく。

この男、サルージュ王国の第三王子のカーディフは、今回の捕り物で倉持に重要な情報を流してくれた立役者でもあった。

だが男には最大なる欠点があった。

倉持健司のことを愛していると堂々と口にするという恐ろしき存在なのだ。

頭が痛い……。

頭痛の原因が、書類の山からカーディフの存在に変わった瞬間だ。

確かに倉持も悪かった。秘密クラブでの違法オメガの取引情報を目の前にちらつかされ、つい、寝てもいいと言ってしまった過去がある。だが、それは一回のはずだった。そう一回の——。

それなのに、カーディフはそれ以降も、かなり信ぴょう性の高い情報をちらつかせては、倉持との関係を続けたのである。

結局、今となっては、彼からの情報を躰で買っているという、淫《みだ》らな関係に陥っていた。

どこで、どう間違えたのか——。

「ああっ！　やめた、やめた。考える時間もない。書類を全部仕上げてからだ」

早急に考えなければならない案件かもしれないが、今は無理だ。仕事で手いっぱいだ。まともに思考が働かない。

倉持は額を指で支えながらバース課へと戻った。

■ Ⅱ ■

人間にバースという分け方が生まれてから百年ほど経つ現代。十数年前からさらなるバースが確認されるようになった。

それがエクストラ・アルファである。初めは世界で十数人しか確認できなかったが、その数は徐々に増し、今では百人ほどいると言われている。だがそれは届け出がされた数だけであって、実際にはその陰に多くのエクストラ・アルファが隠れているかもしれない。数がはっきりと把握できないのは、彼らが普通のアルファと違うと自覚するのに、少し時間がかかるからだ。

大抵の人間はアルファに覚醒《かくせい》した時点で、アルファだと思い込む。エクストラ・アルファはそれからしばらくして、本人の自覚により、発現する。そのため、一生、アルファだと思い込んで過ごす人間も多いとされていた。

少し人間離れした能力を持つ彼らの誕生は、人類の歴史を変えたと言っても過言ではない。特にアルファにとっては、その存在は脅威となった。アルファでさえ威圧されるオーラを放ち、そして完全にアルファとして覚醒していてもオメガにされてしまう事実。

そのため、ここ十年で、本来なら最高種アルファの集まりであったバース課の面々もできれば関わりたくないと思わせるバースとなってしまった。

そう、関わりたくない――。

倉持は大きく溜息をついた。

今日は朝の十時に、昨夜の摘発の書類をすべて提出し、その後、小さなバース絡みの事件に引っ張り出され、ぎりぎりまで後始末をしていた。そろそろ警察庁の前にアラブの王子様がやってくる時間だ。

彼を警察庁まで来させてはならなかった。ただでさえ目立つのに、倉持を迎えに来たところを誰かに見られたら、明日は噂の的になってしまう。

倉持は更衣室のロッカーに予備で置いてあった新品のシャツとネクタイを身に着け、忌々しい気持ちをロッカーのドアを力強く閉めることで表した。

そのまま更衣室のドアの近くの壁にかかっている姿見で、一応自分の姿をチェックする。全体的に精彩は欠けているが、徹夜明けにしてはましなほうだろう。

チェックを終え、更衣室から出ると、夜勤の女性職員の視線を感じるが、とりあえずは気づかない振りをする。

「倉持特別管理官だわ」

「相変わらず颯爽《さっそう》としていて、かっこいい……」

「バース課では断トツの男前よね」

そんなちょっと照れるような内容が聞こえてくるが、それも聞こえない振りをした。会釈でもしようものなら捕まってしまうからだ。普段なら付き合うが、今は一刻を争っているので、心の中で頭を下げながら、いち早くエントランスから出た。すぐにスマホで男に電話する。

『なんだ？』

余裕ある声で問われ、忌々しさが増す。

「殿下、今、どこにいらっしゃるんですか？　っていうか、絶対警察庁の前なんて来ないでくださいよ。俺がそちらに行きます」

『そんなに私に会いたいとは、熱烈だな』

「言ってろ……じゃなくて、そんなことは絶対ありませんから。で、どこにいらっしゃるんですか？　とにかくここには来ないでください」

『そう言うと思って、外で待機している。正門から向かって右側の信号二つ目の手前にいる。私は気遣いのできる男だろう？』

「本当に気遣いができるなら、最初から電話なんてかけてきてほしくはありませんね。じゃあ、切りますから」

乱暴に通話を切ると、倉持は言われた通りの場所へと向かった。しばらくすると黒塗りのベンツが停《と》まっているのが目に入る。ナンバーを見て、それがカーディフの車であることを確認した。

近くまで行くと、助手席から側近の男が出てきて、倉持のために後部座席のドアを開けてくれた。

「お待ちしておりました。倉持様」

恭しく頭を下げられ、あんたも大変だなと言いたくなるのを抑えて、車へと乗り込んだ。後部座席にはカーディフが待っていた。

「早かったな」

「誰かさんに脅されましたからね。警察庁まで来るなんて言われたら、急がざるを得ないでしょう」

睨んでみるが、男は満足そうに笑みを浮かべるだけだ。まんまと彼の策に嵌まったということだろう。抗議するのも腹立たしくなり、倉持は腕を組んで前を向き座り直した。すぐに車が滑るように発車する。それと同時にカーディフがこちらを向いて、尋ねてきた。

「何か食べたか？」

「コンビニ弁当を食べましたよ」

一緒に夕食を食べるという状況を回避するために、そこはしっかりと伝える。すると彼の口端が意地悪げに持ち上げられた。

「なら話は早いな」

「え？」

「アディル、ホテルへ」

助手席に乗る側近に声をかけた。

「かしこまりました、殿下」

車が車線変更をし始める。

「すぐホテルですか？」

侮蔑《ぶべつ》を含んだ目で隣に座るカーディフを見つめると、彼が小さく笑った。

「お前の気持ちを汲《く》んだだけだが？　さっさと用事を済ませたいと顔に書いてあるぞ」

痛いところを突かれて言葉が詰まる。まったくこの男は人が悪い。

「じゃあ、俺が迷惑に思っていることもわかるでしょう？」

「そうだな。特別管理官にしては、感情が読みやすいからな」

ちらりと視線を送られ、思わず舌打ちしたくなるのを我慢した。

「……顔にすぐに感情が出る性質《たち》で、すみませんね」

「だが、それが私にだけというのが、いい。可愛いじゃないか。私には気を許しているということだろう？」

その言い方が気に食わない。むしろわざと反抗するように仕向けられているようだ。

「……あまりの自信過剰さに言葉を失いますよ」

「ほぉ……、なら言うが、お前は聞くところによると、課内ではポーカーフェイスらしいな」

思わず背凭《せもた》れから起き上がって隣に座るカーディフを睨んだ。

「……殿下だけではありませんから。俺だって仕事以外は普通ですよ」

「真備とかいう男にもか？」

突然、真備の名前が出てきて驚く。この男は一体どこまで調べているのだろう。呆《あき》れながらも答えておく。

「真備は同期で、一応俺の部下です。ちゃんと公私分けて付き合ってますよ。それこそ殿下がとやかく言う筋合いはないと思います」

「なるほど、そうきたか。だが、お前は私との情報のやりとりをするために、その躰を餌にしたのだろう？　他の男とイチャイチャするのはマナー違反だと思うが？」

躰を餌にした──。

その通りだ。この男が倉持に関心があるのは以前から気づいていた。だからこそ、己の躰を餌にし、この男から秘密クラブの情報を得たのだ。

「……そうやって人を容赦なく追い詰めると嫌われますよ、殿下」

「おや？　私は嫌ってくれるほど、お前に好かれていたのか？」

「前言撤回。嫌うも嫌わないもない。殿下とはビジネスパートナー以下でも以上でもないですからね」

「手厳しいな」

低く笑う声が、悔しいが耳に心地いい。なんともいえない複雑な感情を持て余しながら、倉持は車窓に目を遣《や》った。

＊＊＊

カーディフが常泊している外資系老舗《しにせ》ホテルの最上階にあるスイートルームに到着した

途端、まずはバスルームへと引きずり込まれる。初めて彼に抱かれた夜、シャワーを浴びないと嫌だと言い張ったせいで、それからまずは絶対バスルームへ連れていかれるようになってしまったのだ。

「余裕がないんですか？」

自分の服を脱がせる男を一応窘《たしな》めてみるが、彼の手が止まることはなかった。

「ないな、だが、それだけお前が魅力的だということだ」

「俺のどこが魅力的って言うんですか？　顔も別に可愛いってことはないし」

初めて抱かれたときから疑問に思っていることを口にする。倉持が瑛凰学園に居た頃は、オメガはもちろんだが、見目麗しいか、または可愛い容姿の人間のほうが男子生徒には人気があった。

倉持は昔からふてぶてしいと言われることが多かった。何に対しても飄々《ひょうひょう》としており、生意気だった。はっきり言って抱かれるようなタイプではない。自分を抱きたいと思う人間がいるなんて、この男が現れるまでは一ミリたりとも思っていなかった。

シャツが腕から滑り落ち、自分の躰がカーディフの目の前に晒《さら》された。刹那《せつな》、彼の瞳《ひとみ》が熱を帯びたのを感じる。カッと躰の芯《しん》が羞恥《しゅうち》に熱くなったのを誤魔化すように口を開いた。

「こんなごつごつの硬い躰、本音は抱いても楽しくないでしょうが」

「楽しいかどうかは、私が決めることだろう？」

彼の唇が首筋に触れてきた。ぞくっとした覚えのある痺《しび》れが下肢から沸き起こってくる。男というものは厄介だ。どんなときでも忠実に快感を感じ取ってしまう。

「趣味が悪いなって思っただけですよ。本当は女のほうがいいでしょう？」

目を眇《すが》めて言ってやるが、カーディフはそんな倉持の態度をなんとも思っていないようで、次は倉持のスラックスのベルトを外しながら、答えてくる。

「そうやって私が心変わりをするのを期待していても無駄だぞ。私は男が抱きたいんだ。女の代わりが欲しいんじゃない。男としての矜持《きょうじ》を持つ人間を組み敷き、自分の腕の中で喘《あえ》がせ、羞恥に染まる姿を堪能《たんのう》したいだけさ。心置きなく、な」

ニヤリと笑われる。

「……よくよく聞いたら、性格が悪いだけじゃないか」

ぼそりと呟《つぶや》くと、彼の笑みが一層深くなった。

「そうとも言うな。さあ、躰を洗ってやろう」

すでにスーツは全部脱がされていた。一糸纏《まと》わぬ姿でカーディフに躰を抱え上げられる。

彼のほうが五センチほど身長は高いが、体格自体はそんなに変わらないように見えるのに、相当な筋力だ。そのスーツの下がかなり鍛えられているのを知っている身としては、複雑だ。

自分だけ脱がされていることに少しだけ不満を感じ、倉持は男に声をかけた。

「殿下はスーツを着て風呂《ふろ》に入る習慣でも？」

「すぐに脱ぐさ」

カーディフはそう言うと、倉持をバスルームへ下ろし、今度は自分のスーツを乱雑に脱ぎ捨てた。

彼の引き締まった躰が倉持の前に晒される。何度見ても、同じ男として憧《あこが》れさえも抱いてしまうほど、均整の取れた躰だ。この躰にいいようにされるのだと思うと、なんとも居たたまれなくなり、わざとらしくないよう、そっと彼から視線を逸《そ》らした。

ガラス張りのバスルームからは東京タワーのライトアップされた姿がくっきり見えた。眼下に広がる夜景は華やかで、まるで東京の夜空に浮かんでいるように感じる。

ここに来たのは三回目だ。それは彼とセックスをした回数と同じになる。

目の前のジェットバスにはすでにお湯が溜《た》められていた。その傍《そば》に立っていると、背後からカーディフが抱きしめてくる。刹那、ぞくぞくとした痺れが背筋を駆け上がってきた。そのまま躰を反転させられ、彼と向き合うように立たされる。すると、カーディフが膝《ひざ》を折り、倉持の足元に跪《ひざまず》いた。

「殿下……？」

「閨《ねや》ではカーディフと呼べと言っただろう？」

彼が下から見つめてくる。心臓の辺りがぞわぞわとした。もう彼の男の色香にやられているのだろうか。

「っ……ここはまだ閨ではありませんから」

「なるほど」

彼が意味ありげに笑みを零した途端、倉持のまだ萎《な》えていた下半身を摑《つか》み上げ、躊躇《ためら》いもなく口腔《こうこう》に含んだ。

「なっ……」

思ってもいない行動に、一瞬頭が真っ白になった。だがすぐに我に返り、自分の下半身を吸い上げるカーディフの頭を引き剝《は》がそうと、その頭に手をかけた。だが、

「一度達しておいたほうが、お前のためだぞ」

反応し始めていた倉持の劣情から一時的に唇を離し、そんなことを言ってくる。そして屹立《きつりつ》の先端をぺろりと舌で舐《な》められた。カーディフの頭を摑んでいた指先から力が抜ける。

「んっ……だから、先にシャワーを浴びさせろって……前から言って……るっ……」

「ああ、お前の中に挿《い》れるのは、お前の意見を尊重して風呂に入ってからにしよう」

「だ……あっ……」

「大事に抱くためだ。お前の処女を貰《もら》ってから、まだ三回目だ。まずは筋肉を弛緩《しかん》させなくてはな。ここで一回達《い》っておけ」

「いかにも俺の……ため、みたい……に……ぅ……言う……な……あぁ……」

思わず腰を引くと、すぐに片手で力強く引き寄せられた。そしてそのまま倉持の臀部《でんぶ》を弄《まさぐ》ると、その狭間《はざま》に息づく小さな蕾《つぼみ》に指を滑り込ませた。

「えっ……」

指が違和感なく倉持の中へと入ってくる。疼痛《とうつう》の代わりにフルーツの甘い香りがした。先日も使われた催淫剤入りの潤滑油だ。どうやら気づかないうちに今回も使われたらしい。今さらながらに彼の手際の良さに戸惑うしかなかった。

「あっ……」

彼の指がちょうどいい場所に当たる。そこを意識的に強く擦《こす》られた。

「あぁぁぁっ……」

同時にまた先端を強く吸われ喘がされる。後ろの秘部は潤滑油のお陰で、痛みを発することなく、ただ快感だけを追い始めていた。

ぐちょぐちょといやらしい音がバスルームに響く。

前と後ろを同時に責められ、男とのセックスはまだ初心者レベルの倉持には、到底敵《かな》うはずもなかった。すぐに白旗を上げる。

「はあぁ……くそ……出る……出るから……離せっ……あっ……くっ……あぁぁ……」

恥ずかしいほど呆気《あっけ》なく達かされてしまった。しかもカーディフの口の中へと吐精したことにも眩暈《めまい》を覚える。

「あぁ……強く……吸うな……あぁぁぁっ……あんた、どういう神経して……る……くっ……はぁ……っ……」

敬語も何もあったものではない。下肢に顔を埋《うず》め、まさに倉持の精も魂も喰《く》らい尽くそうとする男にとても敬う気持ちなど生まれるわけがなかった。

「ああぁぁぁぁぁっ……」

足腰から力が抜けがっくりと床に頽《くずお》れそうになる。そこまでになって、やっとカーディフが下肢から顔を上げた。倉持が倒れそうになると、すぐに立ち上がり、胸へと抱きとめた。

「濃いな。どうやら真面目に働いていたようだ」

「はぁ、はぁ、はぁ……俺のいつ、どこに……おねーさんと……遊べるような、っ……時間があるんだ？　そんなの……濃いに……決まっている……っ……」

ここはもう開き直るしかなかった。見栄を張っても仕方がない。

「まあ、その通りだな。今夜はそれも含め、お前の鬱憤《うっぷん》を取り去ってやる」

「っ……鬱憤だけじゃない。あんた、俺が動けなくなるまですべて食い潰《つぶ》す気でいるくせに、謙虚なことを言わないでください」

「ああ、そうだな。大体、元々残すことは好きではないんだ。出されたものはすべて食べることにしている」

「出してないっ……あっ……」

文句を言っているうちに、再び抱え上げられ、そのままジェットバスのバスタブにカーディフと一緒に沈んだ。

ほどよい温度に保たれた湯船は、もし一人で入ったのなら、徹夜明けの疲労を大いに癒《いや》してくれただろう。バスルームからの眺めも最高で、言うことがなかったはずだ。だが、現実はカーディフと向かい合って彼の膝の上に乗せられていた。

こちらを見つめるカーディフの瞳があまりにも甘やかで、見ていられない。この男が自分に興味を持っていることは、最初からわかっていたが、今もその状況にまだ慣れないし、優越感にも浸れなかった。

「お前のここを今夜もしっかり解《ほぐ》さないとならないからな」

ここと言いながら、倉持の双丘の狭間に隠れる秘部を指の腹で擦られた。そんなところを触れられただけでは何も感じなかったはずなのに、今夜はどうしてか甘い震えが走った。ここで快感を覚えることを知ったからであろうか。

彼の愛撫《あいぶ》に素直に反応してしまうことに悔しさを覚えながら、どうにかして冷静さを保とうと、昨夜のことを尋ねた。

「――昨夜、聖也さんに会われたんですよね？　殿下はああいう感じがタイプじゃないんですか？」

なんとなく嫉妬《しっと》しているようにも聞こえる質問に、自分自身でもしまったと思ったが、声に出してしまった以上、なかったことにはできない。シラを切って、なんでもないような顔をした。案の定、彼が面白そうな顔をして答える。

「タイプか……。そう勘繰られても、私はお前の作戦に手を貸しただけだが？」

「勘繰るって……別に嫉妬して聞いているわけじゃないですよ」

つい言わずにはいられず、口にしてしまう。お陰でカーディフがさらに笑みを深くした。

「まあ、お前がどう思おうとも、私は人のものに手を出すことはしない平和主義者だ。東條聖也に、性的な意味で興味はない」

「性的な意味では……って。じゃあ、他の理由では興味があるということですか？」

カーディフがどんなことに興味を抱くのか、なんとなく気になった。

「アルファオメガとしては興味ある。なかなかお目にかかれないバースだからな」

もっともな答えを返され、少しだけがっかりする。

「確かにそうですね」

「あの男はお前の先輩にあたるんだろう？　なかなか肝の据わった男だった」

「ええ、昔から聖也さんはある意味将臣よりしっかりしていました」

高校二年生のとき、将臣が生徒会の会長をし、無理を言って、当時三年生であった聖也を副会長に任命したのを、昨日のことのように覚えている。

アルファであった聖也を用意周到にオメガへと変異させていった将臣の執念は、恐ろしいほどのものであったが、彼の聖也への愛情は当時から痛いほど伝わってきた。あの深く切ない愛情を、聖也はすべて受け入れたのだ。

あれから十一年。将臣は今なお真摯《しんし》に聖也を愛し続けている。つがいの絆《きずな》の深さを思い知らされるようだ。

ふと目元に唇を寄せられる。正面を見つめると、彼が真剣にこちらを見ていた。

「少し妬《や》けるな。お前は聖也という男のことが好きなのか？」

「ラブじゃありませんが、好きでしたよ」

過去形だ。

「優しい先輩でしたからね」

「意味ありげだな」

カーディフが小さく笑いながら、今度は唇にキスを落とした。そしてそっと唇を離す。

「もう柔らかくなっているな」

カーディフの指が双丘の狭間に息づく秘部に触れた。

「……ふっ」

途端、艶《つや》めいた息が漏れてしまう。その失態に、彼の口端が楽しそうに上がった。まったく癪に障る表情だ。倉持のプライドが疼《うず》く。

「はっ、いつも思うんですが、俺を抱くのに、いやに時間をかけますよね。もっと貪欲《どんよく》に貪《むさぼ》られると思っていたけど、あんたも実は俺を抱くの、無理しているんじゃないですか?」

「無理しているかどうかは、今から教えてやるさ。それに、早く抱かれたいなら、そう言え。遠回しで言われても可愛いだけだ」

「な！　誰が、遠回しで……あっ……」

いきなり腰を摑まれたかと思うと、そのまま彼の屹立の上へと導かれた。彼の肉欲が臀部を押し分けて入り込んでくる。そしてその狭間にある窄《すぼ》みに先端が触れた。ジッと焦げるような熱を含んだ生々しい感覚に、倉持は思わず表情を歪《ゆが》めた。

「ふっ、そうやって嫌がる顔もいいな。挿れた途端、その顔が蕩《とろ》けるのが見ものだ」

「性格が悪いっ……」

「知っている。今さらだ」

そう言って、彼の劣情が一気に倉持を貫いてきた。

「はっ……あぁ……」

目の前に火花が散る。快楽の火種に熱が注ぎ込まれるようだ。この男によって燻《くすぶ》り続けていた愉悦が、解き放たれたかのように倉持の全身を駆け巡る。こんな偽物の快楽は、絶対催淫剤のせいだ。

「あっ……く……はっ……」

ぞくぞくとした痺れに、喉《のど》を仰《の》け反《ぞ》らせて耐える。皮膚の下で燃えるように熱い何かが蠢《うごめ》き、倉持を翻弄《ほんろう》した。自分さえも知らなかった躰の奥まで男の熱が入り込む。

怖い――。

どんな現場でも感じなかった恐怖が、どうしてかこの男を前にすると奥底から湧《わ》き上がってきた。何なのかわからない。彼がエクストラ・アルファだから、本能的に恐怖心が生まれるのだろうか――。

「くそっ……」

「素直に快楽を認めろ。熱を分かち合うことに集中すればいい」

彼の思うままに腰を上下に揺さぶられる。どうにか抵抗しようと彼の胸板に手を突っぱねて止めようとしたが、腕を取られ、さらにまた奥まで牡《おす》を呑《の》み込まされる。

「はあっ……」

盛大な嬌声《きょうせい》を零すと、カーディフが目尻《めじり》にキスを落とす。

「上手だ、ケン」

ケンというのは、倉持の下の名前『健司』からカーディフが勝手に名付けた愛称だ。何かあるたびに彼は倉持のことを甘い声で『ケン』と呼ぶ。普段から勝手に愛称を作るなと抗議するが、そう呼ばれると、倉持の躰の芯に甘い痺れが生まれるのも確かだった。

これもエクストラ・アルファの力だというのか――。

どこまでが彼の力で、どこまでが快感による錯覚なのかがわからない。警察庁でバース管理の特殊訓練を受けている倉持でさえも判断できないのだから、きっと誰にもわからないだろう。

「――まったく、心、ここにあらずだな。私に抱かれて、そうもよそ事を考えるような輩《やから》はお前しかいない。こちらに集中しろ」

集中しろと言いながら、カーディフが腰を揺らしてくる。バランスを崩しそうになり、慌てて彼の肩に手を置くと、無防備になった胸に彼が顔を寄せた。

「っ……」

左側の乳首をきつく吸われる。

「この左側の乳首の下にお前の心臓があると思うと、愛《いと》しさも増すな」

手のひらで左の胸を揉《も》まれながら、その指の股《また》から顔を出す乳頭を甘嚙《あまが》みされる。まるで心臓ごと愛撫されるような錯覚に陥った。

「っ……」

倉持に見せつけるかのように、ゆっくりと舌を乳頭に絡ませる。そして歯を立て、粒の硬さを愉《たの》しんでいるようだった。

「く……はっ……」

男は倉持の快感を得ているのを承知で、じわりじわりと責めてくる。二人の下腹に挟まれた倉持の下半身は、悔しいほど反応していた。

「私に抱かれて三度目だが、乳首だけでそんなに感じるのか？」

「乳首で……感じてなんか……いない……っ……戯言《たわごと》も大概に……しろ……っ……」

下肢に催淫剤を仕掛けられて、快楽に溺《おぼ》れているのは仕方がない。それでも乳首で感じていることは、絶対認めたくなかった。そんな躰にされてはたまらない。

だが、カーディフは容赦がなかった。その答えが不服だとばかりに、もう一方の乳首を指で摘《つ》まんできたのだ。刹那、倉持の脳天に痛烈な刺激が駆け上がった。

「あぁぁっ……くっ……あんた……くそっ……」

「まったく……私にクソと言って無事なのはお前だけだぞ、ケン」

優しい声で囁《ささや》かれ、子供をあやすように軽く揺さぶられる。だがそれは優しさからではなかった。倉持が快楽で苦しむようにわざとしているのだ。

「なら……何か適当に……罪名でもつけて……俺をあんたの……いないどこかに……飛ばせば……いいだろっ……」

「飛ばす？　どうしてだ？　飛ばすくらいなら、私の宮殿に閉じ込めたほうが面倒じゃないだろう」

その言葉に、一瞬倉持は固まった。さすがのバース課も、一国の、しかも友好国である王子相手にどこまで抵抗できるかわかったものではない。外務省預かりとなって、うやむやにされ、結果的に理由をつけられてこの男の国に連れていかれる可能性が高い。

倉持の顔色が変わったのを感じたのだろうか。カーディフがそれまでの意地悪な様子を潜め、柔らかく笑った。

「ふっ……冗談が過ぎたか。心配するな。私は籠《かご》の鳥にはあまり興味がない。空を悠々と飛ぶ鷹《たか》を躾《しつ》けるほうがぞくぞくする」

それも嫌な話だ。顔を顰めてやると、彼が笑みを深くした。

「仕方ない。お前を怖がらせた詫《わ》びだ。一度達かせてやろう」

「何が詫びっ……あぁぁぁっ……」

それまでまったく触れられていなかった倉持の下半身をカーディフが柔らかく握り、強弱をつけて擦り上げてきた。呆気なく達かされる。

「あぁぁぁぁぁ……」

ドクッという大きな波が押し寄せたかと思うと、倉持の劣情が破裂した。お湯にとろりとした白い液体が交じり合う。同時に彼の胸にも残滓《ざんし》が飛び散っているのを目にしてしまった。

居たたまれない。

「早いな。さすがは若いということか」

莫迦《ばか》にされたような気がして、己の腰を支える男を睨みつける。下肢に力を入れて、この男の肉欲を締めつけたつもりだったが、達かなかったようだ。男が余裕な表情を浮かべ、倉持を見下ろしていた。

「は……あんたも……早く、っ……達けよ」

「達かせてくれるか？」

甘く囁かれ、その声だけで彼を咥《くわ》え込んだ媚肉《びにく》が収斂《しゅうれん》するのがわかる。同時に彼がにやりと笑った。どうやら倉持の躰はたった三回のセックスで、この男が悦《よろこ》ぶ方法を身につけてしまったようだ。

「……あんたが達かなきゃ、俺も解放してもらえないんだろうが」

「その通りだ」

きゅっと今度は右の乳首を抓《つね》られる。そして突起を押し込めるように捏《こ》ねられた。

「そろそろ私を達かせてもらおうか」

男の低く甘い声に、倉持の背筋が震えた。彼のテリトリーに取り込まれた感覚をひしひしと抱くが、もう逃げることはできなかった。そのまますぐに腰を持ち上げられ、カーディフの欲望が引き抜かれる。息を吐く暇もなく、一番奥まで貫かれた。

「はぁぁぁ……ぁ……ふっ……」

達ったばかりの倉持の下半身も彼の勢いに釣られ、再び頭を擡《もた》げ、そしてカーディフの下腹に勢いよく当たり始めた。

眩暈がした。もはや己の昂《たか》ぶりを抑えることができない。

カーディフもそんな倉持の腰を摑んで、容赦なく上下に激しく動かした。

「ああっ……もうっ……あぁぁぁっ……」

再び己が吐精したのを感覚で知る。だがカーディフの動きは止《と》まることを知らず、倉持は自分の中に熱い飛沫《ひまつ》が弾《はじ》け飛ぶのを感じた。

「なっ……あんた、ゴム！　あぁっ……」

カーディフがコンドームをつけていなかったことを今さらながらに思い出したが、もう後の祭りだ。

「後でちゃんと始末をしてやる」

中が濡《ぬ》れる感覚など、生まれて初めての体験だ。

「最悪だ……っ……くっ……」

「お前的には、私に抱かれて最高だと思わなくてよかったんじゃないか？」

「言ってろっ……あ……んっ……う……」

歯を食い縛ろうと思っても、激しく揺さぶられそれさえもできない。零れ落ちるのは文句ではなく嬌声ばかりだ。

「まだ夜は始まったばかりだ。今夜は私に付き合ってもらうぞ」

「くそ……性欲魔人めっ……」

「私には褒め言葉だな」

下肢からカーディフの楔《くさび》が抜かれる。ほっとしたのも束《つか》の間、そのまま反転させられ、バスタブの縁に手をつかされたと思った途端、背後から貫かれた。

「あぁぁぁぁっ……」

「こちらのほうが、まだ負担も少ないだろう?」

優しげに問われるが、それは声だけで、腰の動きは益々激しさを増し、倉持を追い詰めてくる。

「あぁっ……」

カーディフが動くたびに、大きく湯が波打つ。その波に意識を呑まれながら、倉持は快楽に溺れていった。

＊＊＊

均整の取れた背中につい目を奪われる。

カーディフは己の隣で泥のように眠る男の背中を見つめていた。すると寝室のドアが控えめにノックされる。カーディフは視線を倉持に向けたまま、応《こた》えた。

「なんだ？」

するると、ドアの向こう側から側近の声が響いた。

「殿下、サマルーン殿下から昨夜のことで抗議のお電話が入っておりますが、いかがいたしましょう」

サマルーンというのは、カーディフの兄で、昨夜、倉持が摘発したクラブのオーナーでもある。取るに足らない兄で、いつも彼のプライドを踏みにじらない程度にあしらっている。昨夜のことも関係ないとシラを切るつもりで、別段急いで彼と会うつもりもなかった。

「今は取り込み中だと言っておけ」

倉持が目を覚まさないよう細心の注意を払い、小声で告げた。倉持はよほど疲れているのか目を覚まさない。それがどういう意味か考えるだけで、カーディフは笑みが零れた。

「かしこまりました」

側近はそのまま寝室に入ることなく去っていった。カーディフは一度も倉持から目を離すことなく、彼を見つめていた。

まるでしなやかな豹《ひょう》のようだ。美しい毛並みを持った豹は、扱い方を間違えると、威嚇《いかく》し離れていってしまう。彼の好きな餌をちらつかせ、用意周到に囲い込むのもなかなか骨が折れるが、それが楽しくもあった。

「まったく世話がかかるな……」

カーディフはそっと双眸を細めた。

一年前を思い出す。そう、彼、倉持健司に初めて会ったのは、一年前だった――。

＊＊＊

それはスイス、ジュネーブで開催されたバース国際会議でのことだった。

一年に一度、通称『ＷＢＯ』と呼ばれる、バース国際会議で、オメガバースのバース性に対する平等、自由、希少種への多角的補佐の体制を基本原則に、さまざまなことが報告され、そして協議されている。

去年、そこへカーディフも、サルージュ王国の代表として参加していた。政治上の理由でエクストラ・アルファであることは伏せ、アルファであると偽っての出席である。

実はカーディフの本当のバースは、両親である国王王妃両陛下と、それにごく直近の部下にしか知らされていなかった。

エクストラ・アルファはバース社会における最高種に当たる。それゆえにその力を疎み、亡き者にしようと画策する輩も当然現れた。そういったことから、自分のバースを隠すエクストラ・アルファは多い。カーディフもその一人だった。

その会議の合間にあった、ビュッフェスタイルの懇親会で、他国の代表らと他愛《たわい》もない話をしていたときだった。ふと目の前を通り過ぎる青年に目を奪われた。いや、奪われたどころではなかった。心臓が悲鳴を上げたと言うほうが正しいかもしれない。

躰の奥底からどうしようもないほどの渇望と、突如として沸き起こった狂おしい想いが心臓をきつく締めつけたのだ。

見つけた――。

あれは私の運命のつがい――。

どこかから、カーディフの本能に訴えてきた。その初めての感覚に、思わず言葉を失った。

『運命のつがい』

それは、一目見ればわかると言い伝えられているが、カーディフを含む誰もが、ただの夢物語にすぎないと思っている永遠の伴侶のことだ。

一般でいう『つがい』とは違い、一度会えば、一生愛し合うとされている。お互いの能力をも引き出し合える最強のパートナーであり、どんな状況であっても、愛さずにはいられない、この世の比翼連理なつがいのことを差す。

また一方で、何もかも手に入るアルファの、最後に残された叶《かな》わない夢だとも言われた。

今、カーディフの心臓に流れている血が、彼を追い求めるよう急《せ》かし、激しく鼓動する。

そしてその青年こそが、付き添いで出席していた倉持だったのだ。

凛《りん》とした佇《たたず》まいというのは、こういうことを言うのだろう。彼を見てカーディフはすぐに『サムライ』という言葉を思い出した。

その姿に惹《ひ》きつけられ、彼の動向を視線だけで追っていると、彼が同行している厚生労働省の職員らしき男が、席を外したのを目にする。

『タイミングを見逃すな。一度見逃せば、次に巡ってくるのはいつになるか、わからない』

カーディフは父王からよく聞かせられる言葉を脳裏に浮かべながら、青年へと近づいた。

身長は一七六、七くらいだろうか。細身に見えるが、筋肉はしっかりついている。軍人という感じはしない。纏う雰囲気から、たぶん警察関係の人間だろう。知り合いのＦＢＩの人間とよく似た空気を纏っていた。

自分の瞳の奥がジッと焦げたように熱くなるのを感じる。感じたことがないほどの高揚感が内から湧き上がってきた。

だが彼はオメガではない。大っぴらに自分のバースを誇示していないが、アルファであることは匂《にお》いでわかる。

アルファ。もちろんカーディフにとって、それは些細《ささい》な問題でしかないが——。

「『運命のつがい』がアルファだったとは。確かになかなか見つからないはずだ……」

カーディフは傍を通ったウェイターからワインが入ったグラスを二つ取ると、青年のほうへと歩いた。

「失礼。今、何時か教えてくれないだろうか」

カーディフがさりげなく声をかけると、漆黒の鋭い瞳がこちらへ向けられる。そしてカーディフを確認すると、すぐに腕時計に視線を移した。

「今、ちょうど一時を回ったところです」

「いい時計をしているな。パテックフィリップのアンティークだろう?」

「父の形見ですので」

「ほぉ……父上の形見か。君に似合っているな。ワインはいかがかな?」

ワイングラスを差し出すと、彼が一瞬嫌な顔をして、そしてすぐに諦《あきら》めたようにそのグラスを手に取った。

「……気まずいとか思われないんですね。普通は『形見』と口にすると、失言したと顔に出される方が多いんですがね」

なるほど『形見』という言葉をわざと出すことで、相手の腰を引かせるということか。

彼が意外と食わせ者であることがわかってくる。

「申し訳ないな。そういう気遣いは、君の前では遠く彼方に置いてきてしまったようだ」

「すぐに拾ってきてくださいよ、カーディフ殿下」

彼に名前を呼ばれたことに、少しだけ驚いた。

「私の名前を知っているのか？」

「逆に、ここで殿下の名前を知らない人がいるとでも？」

確かにその通りだ。

「なるほど。なら、君だけが私の名前を知っているのは少し不公平ではないかな？　名前を教えてくれ」

じろりと睨まれる。一国の王子にこの態度はどうかと思うが、媚《こ》びない態度もなかなか新鮮で、興味が惹かれる。

「……健司・倉持です」

嫌々名乗ったのが丸わかりだ。思わず笑ってしまう。

「偽名を使おうか迷ったような間だったな」――

「申し訳ありませんね。確かに一瞬迷いましたが、ここで偽名を使っても、すぐにばれますしね。それに、殿下のお国と日本は友好関係にある。俺の態度でその関係に影を落とすようなことはしてはいけないと、即座に理性が訴えてきましたよ」

彼の視線が床にふと落ちた瞬間、綺麗《きれい》に整えられた襟足が目に入る。アルファである彼が、うなじを誰かに噛まれることはないかもしれないが、実にそそられる代物だ。

ここに牙《きば》を立てるのは私だ——。

その思いにどこか酩酊《めいてい》したような気分になった。すでにつがいのフェロモンにあてられているのかもしれない。

「——それで、君は何者だ？　一緒にいる男は厚生労働省の男だろう？　以前の会議でも挨拶《あいさつ》をしたから覚えているが、君は今回初めて見たと思うが？」

「記憶力がいいんですね。その通りですよ。俺は日本の警察庁に勤めています。今日は研修でこちらに同行させてもらっているんですよ」

「なるほど、思った通りだな」

そう答えると、彼が怪訝な表情を浮かべた。生意気そうだが、こういう男をベッドに連れ込んだらどういう表情をするのだろうと考えると、興味が俄然《がぜん》湧いた。やはり『運命のつがい』のせいか、この男には猛烈に惹かれるものがある。

「思った通りとは？」

「こちらのことだ。あまり食が進んでいないようだが、何か持ってこさせようか」

「いえ、大丈夫です。食べたいものがあれば自分で取りに行きますから」

倉持と名乗った青年は、その場から離れようとした。普通なら、誰もがカーディフに媚びを売るというのに、その態度も新鮮だった。それに、どうしてか、彼がこちらを警戒しているのが手に取るようにわかる。

「何か警戒されている気がするが？」

「そうですか？」

「君はアルファだろう？　しかもかなり力のあるアルファのようだが？　ならば何も警戒せずともいいのではないか？　別に私はマウントを取るつもりではないのだからな」

彼のワイングラスを持つ手に触れた。彼が手を振り払うために、無理に動かせばワインが零れるのはわかっている。だからこそ、彼が大きく動けないことを見越して、わざとワイングラスを持つ手に触れたのだ。

案の定、彼がその手を振り払えず、嫌そうな顔をしてくる。もしくはカーディフの意図がわかったのかもしれない。

「相手のバースを簡単に口にするのは、マナー違反なのでは？」

「別にアルファならいいだろう？」

「バース性差別ですよ。この『ＷＢＯ』でその台詞《せりふ》を言うとは、大した心臓ですね」

「心臓だけには自信がある。鋼鉄でできていると言われたこともあるからな」

「そのようですね」

「フッ……君と話がしたい気持ちが、どうやら私を焦らせたらしい。もう少し親交を深めるために、今夜食事でも一緒にしないか」

「殿下と接触するには上司の許可がいりますから、今夜は遠慮させていただきますよ」

「上司の許可？」

「ええ、アルファオメガになってからでは遅いですからね。バースの変調をきたす可能性のある接触は、上司の判断を仰ぐ案件になります」

「ほぉ……」

　自分でも思った以上に低い声が出てしまった。

　アルファオメガ。エクストラ・アルファの力でオメガに変異した元々はアルファのバースだった人間のことを指す。

　どうやらこの男は、カーディフが隠していたバース、エクストラ・アルファの力を感じ取っているようだった。

「今、君の口で、相手のバースを口にするのはマナー違反だと言ったところではないのか？」

「ええ、だから言いませんでしたよ。アルファオメガの話だけをしたつもりですが？」

「なるほど。それにしてもどうして、私のバースがわかった？　アルファに擬態しているつもりだったが」

「……訓練されているから、とでも言っておきましょうか。それ以上は言えませんね」

「私のバースを見破る人間は数少ない。益々君に興味が湧いた」

「あまりいい話には聞こえませんね」

飄々とした様子なのに、どこか気のおけない鋭さを併せ持つ男のようだ。

「いい話にしてみせよう」

カーディフがそんなことを言いながら、少しエクストラ・アルファの力を使って、アルファの意志をコントロールしようとしたときだった。倉持がタイミングよく視線を外した。

「あ、戻ってきましたから、これで失礼いたします。では」

さらりと躱《かわ》されてしまった。どうやら対エクストラ・アルファの訓練を受けているようだ。

面白い――。

カーディフは嫌がらせのように、背を向けつつあった彼に声をかけた。

「ミスター倉持。私は別に君をアルファオメガにしたいわけではないぞ」

彼にだけ聞こえるように小さな声で告げる。

「それはよかったです。まあ、相手をオメガにしないと『つがい』にできないような腑抜《ふぬ》けに、殿下がなられるとは思えませんけどね」

その言い方に思わず苦笑する。エクストラ・アルファの能力の一つを、腑抜け扱いとは辛辣《しんらつ》なことだ。だが、この男はかなりエクストラ・アルファに詳しいことが想像できた。

「とりあえず、俺を巻き込まないでください」

彼が興味なさそうに言葉を足す。

「それはどうかな。恋は一人ではできないからな」

そう言い返した途端、彼の眉間《みけん》に深い皺《しわ》ができた。それを笑いながら見つめていると、彼はそのまま踵《きびす》を返し、戻ってきた厚生労働省の職員のもとへと向かっていった。

運命のつがい。それだけで本当に恋に落ちるのかと半信半疑だった。だが、彼とほんの少し話しただけで、さらなる熱と興味が生まれた。

とうとう添い遂げるつがいを見つけた――。

それが一年前の、彼、倉持との最初の出会いだった――。

そして幾つか偶然が重なり、否、必然的にカーディフは倉持との距離を縮め、彼の欲する情報を与え、そしてその見返りとして、彼の躰を手に入れるようになった。

彼をアルファオメガにする気はない――。

果たして本当にそうだろうか……。

＊＊＊

この迷いは、初めて出会ったあの日から、ずっとカーディフの中にある。

そんな危険な男の傍らで、無防備に寝ている倉持に再び視線を落とす。

今回の捕り物を成功させるために、数日前から徹夜だと聞いていた。よほど疲れているのだろう。だが、エクストラ・アルファである自分の隣で、こんなに無防備でいいのかと心配になるほどだ。

このまま彼のバースを少しずつ染めていこうか。無防備に寝ているこの男にも非がある。

昔、人を腑抜け呼ばわりしたが、お前も腑抜けだと笑ってやろうか。

そう思いながらも、愛しい男が嫌がることはしたくないのも事実で、カーディフは仕方なく、倉持の頬《ほお》に唇を寄せることで我慢した。

「っ……ん……」

彼の睫毛《まつげ》がわずかに震える。どうやらお伽噺《とぎばなし》は本当のようだ。お姫様は王子のキスによって目覚めるらしい。

隈を目の下に抱えた倉持の瞼《まぶた》がゆっくりと開いた。

「おはよう、姫君。よく眠れたか？」

声をかけるが、頭がぼうっとしているのか、しばらく反応がない。どうも自分の置かれた立場を再確認しているようだ。両目が大きく見開いたかと思うと、目にも止まらぬ速さで起き上がった。

「なっ、何が姫君だ！　それより、ちょっと待て、今何時です？」

「朝の十時だ。仕事は大丈夫だ。お前の上司に有休の許可を昨日の段階でとっている」

「……いつの間に」

倉持が苦虫を嚙み潰したような顔をする。実は倉持の上司とは面識があり、かつ、情報提供をするにあたっての条件には、秘密裡《ひみつり》に倉持の空いたスケジュールをカーディフに融通することが入れられていた。もちろん倉持は知らない。

「くそっ……タバコを吸わせてください。頭が働かない」

ベッドでタバコを吸うなと幾度か注意しても、聞く気はないようなので、諦めてナイトテーブルの引き出しから彼の気に入っている銘柄のタバコとライター、そして携帯灰皿を取り出し、渡す。

彼はそれを当然のように受け取り、手慣れた様子でタバコに火をつけた。肺の隅々までタバコの煙を吸い込み、そして大きな溜息をつくように煙を出す。そのままじっと一点を見つめていたが、ようやく気持ちの整理ができたのか、こちらに視線を向けた。

「……で、あんたとの関係は、俺の上司も把握済みですか？」

どうやら他人に、しかも上司に知られたことに、彼なりに動揺したらしい。彼の意外と可愛らしいところが少し見えて、カーディフは唇を緩めた。

「どこまで把握しているかは知らんがな。まあ、普通の関係ではないことは、ばれているかもしれないな」

「あんた……」

鋭く睨まれるが、キスマークを散らした躰を晒したままで睨まれても、色っぽいだけだ。押し倒すのに充分な理由になる。

「そうであっても、何も問題はない。お前は有力な情報を得て、職務に貢献しているのだからな。上司の覚えもめでたかろう？」

「俺の上司は、あんたと繋ぎができたことのほうが嬉しいでしょうがね」

悔しそうに倉持は言いながら、一度吸っただけで、タバコを携帯灰皿へとしまった。

「フッ……さしずめ、お前はアラブの王子に売られた花嫁か？」

その言葉に倉持が心底嫌そうに表情を歪める。

「花嫁って……この俺が？　あんた、本気で言っているなら、眼科で一度しっかり目を検査したほうがいいと思いますよ」

「先日、人間ドックに行ったばかりだ。目ももちろん、健康には問題なかったが？」

「じゃあ、趣味が悪いんですね」

「残念だが、趣味も悪くない。ついでに恋人の趣味もな」

彼の指先から携帯灰皿を取り上げる。それをナイトテーブルに置いた。

「まあ、お前の上司たちは、私の弱みを握ったつもりでもいるんじゃないか？　いざとなったらお前を使って私を脅すこともできるしな」

日本側の腹の内は大体わかる。自分たちの立場が不利になれば、日本側の管理官を強姦《ごうかん》したのと、適当な理由をつけて、カーディフとの縁を有利に繋げようとしてくるに違いない。だが――。

「あんたを脅すなんて、無理じゃないですか？　大体、こんなこと、あんたの弱みでもなんでもないでしょうが」

目の前の男はさらりとカーディフの手腕を評価した。双眸が緩む。

「ほぉ……お前の中での私の評価は案外いいのだな。最低レベルかと思っていたが？」

「あんたの趣味は最低レベルですよ。俺みたいな男を抱いて愉しもうなんて、理解不可能だ」

「それなら、もう少し頑張って理解してもらわないとな」

彼のしなやかな躰をそっと押し倒す。

「え、もう昼近いんじゃ……」

彼の片眉が器用に跳ね上がる。そんな彼の表情を見て、思わず笑ってしまった。

「お前は有休をとったんだ。時間はまだまだあるぞ？　それに昨夜の情報が、あれしきのセックスで得られるものだと思われるのも癪に障る。もっとお前を寄越せ」

「もっと寄越せって……うっ……ん……」

彼の唇を言葉ごと奪う。タバコの苦い風味がするキスだった。

＊＊＊

精も魂も尽き果てた夕方。倉持はスイートルームのベッド上で、ぐったりと横になっていた。もちろん隣にはカーディフが座っており、今はタブレットで何か仕事をしているようだ。倉持には有休をとらせたくせに、自分は仕事をしているのは、なんとなく卑怯《ひきょう》だと思ってしまう。

そんなカーディフは、動けない倉持をいいことに、倉持の髪に指を絡ませたり、デュベから出ている肩に指を這《は》わせたり、ときには尻を撫《な》でたりと、セクハラまがいな悪戯を仕掛けてくる。

「……明日も足腰が立たずに動けなかったら、どうしてくれるんです？」

悪戯に触れてくる彼の手を阻止する元気もなく、倉持は恨めしく責めた。

「明日も有休をとってやろう。お前は持久力に問題があるからな。明日も手取り足取り、私が教えてやるよ」

「はっ……命の危険を感じますね」

「命の危険？　私がお前を殺すわけはなかろう？」

カーディフが笑顔でそんなことを言うが、先ほどまで倉持の息が絶え絶えになるほど攻めていた男だと思うと、とても信じる気持ちになれない。

「どうだか……死因が腹上死とか笑えない」

「そうか？　それも一つの幸せだと思うが？」

「やめてください。俺のエリートコースに傷をつけないでくれませんかね」

「は、冷たいな。私との恋愛よりも出世を選ぶとは」

「恋愛じゃない。契約です」

そこはきちんと訂正しておく。

「俺は、バースチェックはこまめにしています。少しでも変調をきたしたら、この関係はやめますからね」

「わかっている。お前はアルファだ。アルファオメガにはならないんだろう？」

カーディフが意味ありげに笑うのを睨み返す。

倉持にとったら、この男は毒だ。だが毒は少量であれば益をもたらすこともある。この男にあまり踏み込まないようにして、適度に距離を置いておけば、倉持にも有益な情報が手に入れられるのは確かなことだった。それゆえに離れることもできない。なんとも厄介な男である。

倉持が黙ってカーディフを見つめていると、彼が言葉を続けた。

「――そういえば、東條武信《たけのぶ》が、自分の甥《おい》の将臣がもしかしたらエクストラ・アルファではないかと疑っているそうだぞ。相変わらず鈍い男だ。今さら気づくとはな」

思わず躰がぴくりと動き、その話に関心があることを、カーディフに知られてしまう。

彼が吐息だけで笑ったのを見て、改めて彼の手中に嵌まっていることを思い知った。だがそれでも武信の情報は知りたい。悔しい思いを抱えながらも、彼の話に耳を傾ける。

「例の、東條聖也を誘拐してアルファオメガかどうかを調べるそうだ。想像するにえげつない方法を取りそうだな」

「聖也さんに手を出したら、将臣の報復に遭うだろうに。あの男も考えが浅はかだな」

「実際、エクストラ・アルファの力を知らないからだろう？　無知は時に人を勇敢にする。たとえそれが大いなる失敗に繋がろうともな」

それは同じくエクストラ・アルファであるカーディフに対しても言えることだろう。二年間だけではあるが、高校時代、将臣の隣でエクストラ・アルファの力をまざまざと見せられ続けていた倉持でさえも、このカーディフという男の力は計り知れない。それゆえに、カーディフの言葉は自分にも向けられたものに感じた。

「エクストラ・アルファ様様だな」

カーディフから視線を外し、うつ伏せになる。

「事実だしな。だが、お前が私のアルファオメガになれば、エクストラ・アルファ様様の私を支配することができるぞ」

つがいとなるアルファオメガは、エクストラ・アルファの最大の弱点だ。最高種と言われるエクストラ・アルファのすべての力を無効化できる唯一の種となる。

そのため、エクストラ・アルファを殺せるのはそのつがい、アルファオメガだけだとも言われていた。

エクストラ・アルファはその命を懸けて、アルファオメガをつがいにするのだ。

「その冗談は笑えないな」

「冗談のつもりではないがな」

彼の視線がこちらにまっすぐ向けられているのを肌で感じる。視線を合わせたくなかった。合わせたら、彼のエクストラ・アルファの力に囚《とら》われるかもしれない。

この男の思い通りにはならない――。

自分にはやらなければならないことがある。その一つが、まずは東條武信を失脚させることだ。そのためにも、この男を上手く躱し、協力させることが必要だった。

東條武信――。

東條本家の当主、東條将貴《まさたか》の弟であり、将臣の叔父《おじ》である。そして倉持の家族を不幸へと追いやった男でもあった。

倉持の実家は、中堅の繊維工場を経営していた。だが、倉持が瑛凰学園に入学してからしばらくすると、父親が重い心臓病を患い、入院を繰り返すようになった。

それでも母を筆頭に親族の手を借りて、切り盛りをし、従業員にもきちんと給料を渡すくらいには成り立っていた。

だが、ある日、それまで融資してくれていた銀行が、突然返済期間の短縮を提示してきた。

その申し出はとても受け入れられるものではないと抗議はしたが、やがてそれまで担当だった顔見知りの銀行員は異動させられ、新しく担当者になったのは、こちらの言い分にまったく耳を貸さない冷淡な男だった。だが――、

『おたくの長男の健司君はとても優秀で、瑛凰学園では、東條本家の次期当主、東條将臣さんのご学友だそうですね』

二度目に会ったとき、その男は、そんな言葉をちらつかせた。

それで、やっと融資を受けていた銀行に、東條グループが資本を投じていたことに気づくことになる。

倉持が東條本家嫡男、東條将臣と友人になったことで、将臣を傀儡《かいらい》としようとする輩から目をつけられたのだ。当時は黒幕が誰なのかわからなかった。倉持に接触してくる人間は『武信』ではなかったからだ。

将臣を罠《わな》に嵌めれば、融資は引き続き受けられ、父親の高額な手術費や入院費も負担し

てくれると、条件を提示された。

　将臣を裏切る――。

　あの時、初めて『人』を天秤《てんびん》にかけるということをした。人は何もかもが平等ではないと知ってはいたが、高校生になって、その根本に自分が関わるとは思ってもいなかった。

　結局将臣のバースを武信側に知らせることなく、倉持は武信に加担し、情報を流した。

　聖也のバースが突然変異でオメガになったようで、将臣がつがいにしたがっている。聖也を利用すれば、将臣を傀儡にできるのではないかと。

　当時はまだエクストラ・アルファのことは夢物語のように思われており、伴侶と決めた者をオメガにバースを変異させるという力は、たとえ東條家の人間でも知る者が限られていた。そのため、聖也のバース変異は珍しい現象として受け止められたが、将臣のバースを決定づけるものではなかった。

　一方、聖也も当時からバースがオメガに変わったことを公表しておらず、将臣の策に騙《だま》されながらも、アルファとして学園で生活していた。

　そこで武信側は、本当に聖也がオメガに変異し、そして将臣がつがいに望んでいるのかを確かめようとした。倉持に、聖也の従兄《いとこ》である佐々木卓《ささききすぐる》に接触するよう指示を出してきたのだ。その後、倉持は佐々木を上手いこと丸め込み、聖也を誘拐させることに成功する。

だが、倉持は将臣を裏切りながらも、心の中では、将臣ならこの試練を乗り越えられると信じていた。

本当に聖也を愛するなら、二人の未来も考えて、これくらいの試練など素早く立ち回らなければ、聖也と幸せになろうなんて甘いことを考えていてはいけないからだ。

結果、将臣は厚生労働省バース管理局の特殊部隊を使いはしたが、自分や聖也のバースを外に漏らすことなく、この事件を解決した。

将臣と聖也はアルファと偽ったバースのまま、貫き通したのだ。

そして将臣に、倉持が裏で動いていたことを悟られたが、彼の甘い判断により、倉持は罰せられることがなかった。だが、倉持は自らの意思で学園を去ることで、彼と一切の関係を断絶した。

倉持が学園から去った後も、武信は理解ある叔父の仮面をかぶり、将臣と良好な関係を続けている。

一方、倉持も口止め料も含み、父親の高額な手術費や入院費を得ることができた。だが、半年も持たずして、父は亡くなった。母も後を追うように病気で亡くなり、倉持は妹の鞠《まり》子《こ》と二人だけの家族になってしまった。

幸い優しい親族もおり、高校を中退して働こうとした倉持を止め、大学進学を勧めてくれた。そんな親族のお陰で無事に高校を卒業し、両親の生命保険で、倉持と鞠子は大学まで行き、そして今に至る。

あれから十一年、将臣と何度かニアミスしたが、運よく会わずにいる。

武信が将臣のことをエクストラ・アルファではないかと疑っているのは、たぶん十一年前に彼に伝えた情報もあるだろう。あの時は一般的でなかった知識も、今なら常識として知っているべきレベルになっている。

――エクストラ・アルファはつがいと決めた相手をオメガにする。

武信もようやく、自分が手玉に取ろうとしていた甥、将臣がもしかしてエクストラ・アルファではないかと気づいたのだ。再び、十一年前の倉持の情報の真偽を確かめたいと動き始めている。

「ああ、そうだ。忘れていた。武信が昨夜の違法クラブに参加していたようだ」

そう言ってカーディフが手に持っていたタブレットを倉持に見せてきた。そこにはＳＭショーに魅入る武信の顔がくっきりと写っている。

倉持はちらりとその写真を見ると、そっとタブレットをカーディフに押し返した。

「この写真だけでは彼をしょっぴくことはできないな。証拠写真はもちろん、もっと綿密に計画して彼を罠に嵌めないと、逮捕までに至らない。相手は東條グループだ。すぐに横《よこ》槍《やり》が入るのは目に見えている。それこそ大きなスキャンダルにして、あの男が二度と政財界に復帰できないように、叩《たた》き潰すくらいのものでないと、ほとぼりが冷めた頃、復活してくるだろう」

そう言うと、カーディフが吐息だけで笑った。

「怖いな。だが逆に、その男が羨《うらや》ましくも思える。お前からそんなに執着されるとはな。私もされてみたいものだ」

そっと手を取り上げられ、その手の甲に彼の唇が寄せられる。油断も隙もあったものではない。キッと睨んでみせると、彼が降参とばかりに両手を上げた。これ以上、この莫迦なやりとりを続けたくなく、倉持はさっさと話を進めた。

「もう少し、将臣に絡んでもらわないと武信を陥れることはできないな……」

「ほぉ……かつての親友をまた利用するのか？」

「日本では『立っている者は親でも使え』という諺《ことわざ》があってね。元親友であろうが、使えるものは使わせてもらうさ」

「なるほど。お前に使われている人間の一人である私から言わせてもらえば、いつか痛い目に遭うぞ、と忠告だけしておこうか」

「リスクはつきものだ。恐れていたら正義は貫けない」

「正義、か……」

「綺麗なだけが正義ではないだろう？」

「確かにな」

カーディフがゆっくりとベッドに伏していた倉持の上に被《かぶ》さる。うなじに唇を落とされ、きゅっと倉持の躰の芯が震えた。一瞬、嚙まれるかと思ったのだ。オメガではないので、そんなことあるはずがないのに、だ。

考える暇もなく、シーツと躰の合間に手が滑り込んできた。

倉持はそのままカーディフの愛撫を素直に受ける。だが、頭の中では武信のことを考えていた。

武信に何か失敗をさせて、プレッシャーをかけるのはどうだろう。その失態を補うために、総帥候補ナンバーワンの将臣の力を頼るように仕向けたら？

武信のことだ。将臣の弱みを握り、優位に立とうとするだろう。いや、そうさせなければならない。その焦りや迂闊《うかつ》さの中から彼の尻尾《しっぽ》が自《おの》ずと摑めるような気がした。

「――将臣ならどうなっても対処できるだろう？　もしできなかったとしたら、それだけの男だということだ」

「お前は将臣を信じているのか、信じていないのか、わからない男だな。だが少なくともお前は将臣に頼って生きているということか」

鋭いことを言われ、倉持の鼓動がドキリと跳ねる。改めてカーディフを見つめるが、彼の表情からは何も読み取れなかった。

「頼る――。そういう気に入らない言葉を敢《あ》えて使うのも、あんただよな」

「ふっ……可愛い子を少し苛《いじ》めるのが好きな性分だ」

「俺のことを可愛いって言うあんたの目、本気で心配するぞ」

「もっと心配しろ」

上から圧《の》しかかるカーディフを押しのけて起き上がろうとしても、体格差もあり、すぐにシーツに縫い留められる。

「生産性のない話はそろそろやめて、お互いを高める話でもしないか？」

「はっ、ボディートークでもしろと？」

その問いにカーディフの双眸が細められた。

「当たりだ。なんだ、わかっていたのか」

カーディフが首筋に顔を埋める。そのタイミングで倉持は腹の底にしまっていた計画を口にした。

「――武信に秘密クラブへ投資させたい」

「投資？」

カーディフの動きが止まり、起き上がって倉持の顔を見つめる。

「奴はあの秘密クラブの収益の一部で金儲《かねもう》けがしたいと思っている」

もちろん違法だ。

「ほぉ……あの男、東條グループの地位での収入でさえ身分不相応だというのに、まだ満足できていないのか」

カーディフがニヤリと笑うので、倉持も同じく人の悪い笑みで応えた。

「ああ、そのようだ。欲をかくと良くないことを教えてやらないとな」

「なるほど。考えておこう。だが今言ったはずだ。私たちにはもっと他のことが大切だとな」

いきなりカーディフが倉持の下半身を握り、やわやわと扱《しご》き始める。

「な……ちょっと……待て……っ……」

「もう待たない。待ってもろくなことがないからな」

「あんた……っ……あっ……」

倉持の抗議の声も空《むな》しく、拒絶する声は、瞬く間に艶めいた吐息へと変わっていった。

■ Ⅲ ■

倉持がカーディフと初めて会ったのは、去年のスイスのジュネーブで開催された、バース国際会議だった。

上からのお達しで、厚生労働省のお偉いさんの随行者として参加したときのことである。

その会議の合間にあったランチビュッフェを挟んでの懇親会で、彼を見かけた。

朝からやっていた会議に、倉持らは午後からのプログラムに参加の予定だったので、ビュッフェ会場で会議に出ている面子《メンツ》を初めて見たのだが、そこで彼、カーディフに会ったのだ。

今でも覚えている。会場でも圧倒的な力を放っていた彼を——。

見た瞬間に、彼がエクストラ・アルファであることがわかった。

アルファに擬態しているようだが、そのパワーの強さや鋭さは、普段からバース判定の訓練をされた倉持を、大いに刺激した。

将臣と同じバース――。

一生に一度も会えないとされるエクストラ・アルファに、人生で二度も出会えたことに少々興奮してしまった。

だからだろうか――。彼に声をかける隙を与えてしまったのは。

今思えば、この小さなミスが、やがて倉持にとって痛恨のミスへと繋がっていく第一歩だった。

普段なら他愛もない話をして、適当に切り上げるところを、どうしてか、会話を続けてしまったのだ。意味のわからない胸騒ぎを感じているというのに、だ。

怖いような、痺れるような――。

なんだろう、これは――。

あの時、すぐに話を切り上げるべきだったのだ。だが、初めての感覚に、倉持は不安を感じながらも、ポーカーフェイスを装い、彼と対峙《たいじ》し続けた。

途端、背筋に電流が走ったような気がした。

この感覚は――。

認めたくない。気づきたくない。

倉持は自分の胸の奥底から湧いてくる己の衝動に蓋《ふた》をした。

一般的に、運命のつがいとは滅多に遭遇しない。万が一、運よく出会えたとしても、自分の相手はオメガのはずだ。決してエクストラ・アルファではない。

自分はアルファだ。絶対にアルファオメガになどならない。アルファでなければ、この先、やらなければならないことが、すべて水の泡となる。

アルファであり続けなければ、計画がすべて丸潰れだ。

運命のつがいであるはずがない——。

元々エクストラ・アルファは普通のアルファとは違う。運命のつがいも、自分の意志で決めてしまえるほどの力がある。だからこそ、あの将臣も、聖也を子供の頃から虎視眈々《こしたんたん》と狙《ねら》い、ゆっくりとオメガへと変異させていったのだ。それに比べ、聖也はずっと将臣が運命のつがいだとは気づいていなかった。

運命のつがい論は、エクストラ・アルファには通用しない。あるならば後天性の運命のつがいだ。

そう結論づけて、倉持はようやく息を大きく吸い込むことができた。

そうだ。この男が俺をつがいにしようと思わなければ、アルファオメガにされたりはしない……。

もう二度と会わなければいい。

そう心に決めたはずなのに、その数週間後、倉持はカーディフと再会することになった。彼はいつの間にか倉持の職業を調べ、そして数ヶ月後には、魅力的な条件を申し出てきたのだ。

「私と寝てみないか？　代わりに極上の情報をやろう」

断られることを考えてもいないだろう男に、倉持は冷たく当たった。

「極上の情報？　悪いですが、そんな使い古した誘いには、乗らないことにしています。他を当たってくれませんか？」

一国の王子相手に、あまりにもぞんざいな言い方かもしれないが、エクストラ・アルファには近づきたくないので、そっけなく答える。

「六本木にある秘密クラブのオメガショーの情報はどうだ？　かなりのオメガが救えるぞ？」

「えっ……」

それは以前から噂されていたクラブだった。

「どうしてそれを……」

「お前のために、少しコネを使って調べさせただけさ。日本はまだまだ取り締まりが他の国より甘いからな。そのためバース犯罪の温床になっている」

その通りだ。日本では元々バース犯罪が少なかったのもあり、法律や取り締まりが甘かった。そこを他国の犯罪者に目をつけられ、秘密裡に、えげつない違法のショーを営業し、展開するという事例が後を絶たない。

「どうだ、お前の出世にも繋がるだろう？」

心が揺れる。だが頷《うなず》く勇気はまだなかった。

「それに、なんといっても、大勢のオメガも救出できる。中にはまだ子供もいるからな」

他国から誘拐されたオメガたちが、地下組織で売買されているのも知っていた。

「お前が条件を呑めば、彼らも助かるということだ」

その言葉に眉間に皺を寄せると、カーディフが余裕の笑みを浮かべた。もう答えはわかっているとでも言いたそうだ。

「……別に俺の了承を得なくともいいのでは？　エクストラ・アルファ様は、他バースを精神的に支配できるんでしょう？　抱くなり、なんなり、あんたの好きにすればいい」

「力ずくでか？　それはお前にとっては楽だろうな。自分の意志じゃないって言い訳ができるからな」

よくわかっているじゃないかと言いたくなるのを呑み込む。

「別にあんたが抱くんだ。俺の気持ちがどうこうなんて、構わないでしょうが」

睨み上げてやるが、男はそんな倉持の態度を鼻で笑って応えた。

「フン、お前が望んでいるか、望んでいないかでは、大きく違う。少なくとも私にとってはな」

「性格が悪い」

「今さらだ。知っているだろう？」

彼の少し人より高い体温が倉持の躰に触れる。じわりと甘い疼痛が下肢に広がった。自分はアルファだというのに、この男のバースにあてられたのだ。身をもってエクストラ・アルファのフェロモンの怖さを知る。

頂点に立てないバースは、こうやってエクストラ・アルファに搦《から》め取られ、餌食《えじき》にされていくのだろう。

彼の力に抵抗するように、倉持は目を閉じた。自分の理性がまだあることを確認する。だからこそ次に口に出そうとする言葉が、衝動的に発したものでないと言えた。

「……寝るといっても、俺はあんたに奉仕はしないぞ。それでもいいのか？」

勇気を出して告げた言葉に、カーディフの双眸が緩められる。

「お前が私のベッドに入ってくるだけで、私にとっては充分の奉仕だ」

「は、よく言う」

男の言葉に呆れる。こんな男と絶対寝ては駄目だ。

倉持の本能が警鐘を鳴らした。だが、

「そんなに警戒しているということは、私を意識しているということだな？」

当たっているようで当たっていないことを言われた。

「は？　あんた、相当自信過剰ですね」

「では、なぜ、そんなに警戒する？」

「あんたが嫌いだからって一ミリも思わないのかよっ……ですか？」

「悪いが、お前から嫌悪は感じられないからな。これでもエクストラ・アルファだ。人の感情には機敏だ」

「ああ、そうですか」

なんとなく莫迦らしくなってくる。どうしてこの男を、自分が怖がらなければならないのか――。

「一つ、条件があります」

「なんだ？」

カーディフが鷹揚《おうよう》に尋ねてくる。

「俺のバースを変異させせようとしないこと」

「バースを変異？　ああ、私のつがいになるつもりなのか？　はは、お前も相当な自意識過剰ではないか？　人のことは言えないぞ？」

「誰があんたのつがいなんかになりたいものか。俺もあんたほどじゃないけど、あんたが俺を嫌っていないことはわかりますからね。油断していたら、バースを変えられそうだ」

「なるほど、確かにそうかもしれないな」

彼が真剣な顔で頷く。

「否定しろよ」

「はは……。わかった。その条件を呑もう。なら、早速、取引といこう。お前の気が変わらないうちにな」

思わず舌打ちをしたくなった。この男は倉持の性格もすべてわかって外堀を埋めたのだ。そしてそれにまんまと引っかかった。

「少しでも俺のバースが変調をきたしたら、即刻、取引は終了します」

「承知した」

男の手が倉持の首筋に触れてくる。そしてそのまま顎《あご》から頬をすっと撫で上げた。

「滑らかな肌だ。想像していた以上だな」

「想像するな」

「それは無理な話だ。男は万国共通、スケベな生き物だからな。お前の下半身まですべて想像済みだ」

「はっ、大概なセクハラ王子だな」

「さあ、おとなしく私を受け入れろ」

「っ……」

それが取引の始まりだった。

この後、カーディフから伝えられた情報で、倉持は今世紀最大の捕り物ではないかと言われるほどの大物を逮捕することができた。

そして、この功績から、上司にもカーディフとのパイプをもっと強くするように命じられ、今に至る。上司からも言われては、もうどうにも逃げられない。

自分にとっては、この出会いは最悪だった。そして出世へと繋がるプロセスとしても最悪なシナリオだった。

＊＊＊

書類を見ていても大きな溜息が出てしまう。何回目かの溜息をついたとき、普段は潜入捜査をしている部下の三沢《みさわ》が、今日は戻ってきており、声をかけてきた。

「倉持さん。差し出がましいですが、もしお疲れのようでしたら、今日は早めにお帰りになられたらいかがですか？　昨日まで連日徹夜だったそうじゃないですか。今日くらいは早く帰ってゆっくりなされては」

「ああ、大丈夫だ。三沢も俺と同じで連日徹夜だったんだろう？　お前は大丈夫か？」

三歳下の三沢は、管理官という役職で、今、倉持の命で、東條武信のもとへ潜入している。最近、武信が動き出したので、彼もまた忙しいのだ。

「どうにか滋養強壮のドリンクで体力を保っています。最近はドリンクも結構種類がありますからね」

「ほどほどにな。あれも効かなくなってくるからな」

「わかっています。でも倉持さんほど疲れていない気がします」

「お前のほうが若いからな。三歳の差は大きいってことが言いたいのか？」

冗談交じりに睨んでみせれば、三沢は慌てて言葉を足した。

「いえ、決してそういうわけじゃないです。ただ、いつもよりお疲れのような気がして」

さすが三沢だ。鋭い。昨晩はあの絶倫エクストラ・アルファ殿の相手をしたのだ。やはり第三者から見たら、倉持もくたびれているのだろう。

二十八歳でくたびれているなんて、本当に嫌だ。過剰なセックスは毒にしかならない。

「ああ、ちょっと野暮用があったからな。大丈夫だ。大したことない。だがせっかくのお前の進言だから、今夜はできるだけ仕事を明日に回し、早めに終わらせて帰ることにするよ」

「そうしていただけると、部下の悩みも減ります」

三沢の言い方に、倉持はひょいと片眉を上げて応えると、再び視線を書類に戻した。すると今度は電話が鳴り出す。その電話を他の課員が出て、倉持に声をかけた。

「倉持特別管理官、電話、よろしいでしょうか？」

大丈夫だという意味で片手を上げる。

「一階の受付から来客だという電話が入っています。三番をお願いします」

言われた通り、内線三番を押して電話に出ると聞き知った名前が告げられた。

「鷹司《たかつかさ》様と仰《おっしゃ》る女性がいらっしゃっていますが、お会いになる予定がありましたでしょうか？」

「いや……いや、予定はなかったが、会いに下りるよ。応接室に通してくれないか」

「わかりました。そうしましたら『応接室二』へお通ししておきます」

「ありがとう。すぐに下りる」

倉持は電話を切るとすぐさま席を立った。

鷹司――。

鷹司の名前を告げる女性で倉持に会いに来る女性はただ一人しかいない。倉持の実の妹であり、鷹司夜源《やげん》の妻である鞠子だけだ。

鷹司夜源――東條グループの現総帥、東條の頂点に立つ男であった。御年六十五歳で、二十五歳である鞠子を妻に持つ。

彼自身は東條家分家の出身だが、その能力の高さが評価され、本家欽仰《きんぎょう》主義の傾向がある東條グループで、その実力をもって総帥の座に就いている。

公表では彼は『アルファ』ということになっているが、倉持が調査するに、たぶん『エクストラ・アルファ』の可能性が高かった。

そんな男に、三年前、最愛の妹が嫁いだ。両親が亡くなってから、優しい親族のお陰で引き離されることなく、兄妹二人で過ごしていた倉持は、少しシスコン気味で、時々父親のような気持ちにさえなることもある。

四十歳も上の男と結婚すると聞いた日には、相手に脅されているのではないかと心配し、

疑った。もしそうであるのなら、自分の進退を犠牲にしてでも東條グループの総帥、夜源を訴えようと思った。だが、

『違うわ。あの人、子供みたいに可愛いところがあるのよ。私、あの人のこと、本気で愛しているの』

信じがたい言葉を妹は告げた。

そうして、大学時代にバイトをしていたラウンジで知り合ったという夜源と、卒業と同時に結婚した。長年、鞠子の結婚費用にと、貯めていた倉持のお金も一銭も使わずに。

『そのお金はお兄様が結婚式を挙げる費用に使って。だって、お兄様、自分のことになると手を抜きがちになるもの。相手の方がびっくりするくらいの素敵な式を挙げてくれたほうが、私、嬉しいわ』

艶やかな髪は、鴉《からす》の濡羽色《ぬればいろ》のように真っ黒で、黒目がちの美しい瞳がすっと倉持に向けられる。我が妹ながら、かなり妖艶《ようえん》な美女であった。他人だったら声をかけるのも憚《はばか》られるような美貌《びぼう》だ。

オメガは美しい容姿を持って生まれるのが常とされているが、妹の鞠子はその中でも極上の部類に入っていた。

あの鷹司夜源が心を奪われるほどに――。

そして鞠子はエクストラ・アルファに愛されることにより、元々オメガであったが、さらに恐ろしいほどの力、もしかしたら力の弱いアルファであれば圧倒できるかもしれないほどの力を持つオメガとなった可能性がある。

可能性があるというのは、未《い》だ《ま》鷹司夜源が、エクストラ・アルファかどうか未確認だからだ。鞠子もこれに関しては、兄である倉持にも明言を避けていた。

『私からは何も言わないわ。あの人を裏切ることになるもの。でもお兄様なら、私に聞かなくともわかるでしょう？』

妹が夜源を愛していることはわかる。だがそれは、これから倉持がやろうとしていることを考えると、彼女に負担になるような気がしてならない。

鞠子――。

エレベーターを降り、応接室へ向かう廊下を足早に歩いていると、すれ違う同僚の声が耳に入る。

「すっごい美人だったよな」

「ああ、どこかの女優か？　見たことないけど、あんな美人、見たら忘れないけどなぁ」

「美に圧倒されたと言うべきか、なんかすごいな……」

「応接室に案内されていたけど、ここの誰かの関係者？」

そんな声を聞き、倉持は気まずい気持ちを引き摺《ず》りながら、応接室のドアをノックして中に入った。妖艶の美女の関係者が倉持だと知った同僚らの雄叫《おたけ》びが廊下に響くのを耳にする。それを無視し、ドアを閉めた。すると目の前には上品な薄桃色のワンピースを着た鞠子が座っていた。

「お兄様」

応接室のソファーから立ち上がり、倉持を出迎えてくれた。そんな彼女をそっと抱き寄せ、挨拶を交わす。

「鞠子、こんな警察庁まで来るとは、なんの用事だ？　目立つだろう？　お陰で廊下は今、阿鼻叫喚《あびきょうかん》の嵐《あらし》だぞ」

「ふふ、警察って面白い方が多いのね」

「それは俺を含めてか？」

「ええ、お兄様を含めて。お兄様は冷たいふりして、人一倍情に篤い方だから。そこが私と違うところね」

鞠子はそう言いながら、応接室から出ようとした。おや？　と思っていると、妹が振り返って意味ありげに笑みを浮かべる。

「お兄様の顔を見に来ただけなの。車まで送ってくださる？」

たぶん、人に聞かれたくない話をしたいのだ。この応接室は会話を録音されている。もちろん何も事件が起きなければ、人に聞かれることはないが、秘密の話をするには適していない。

「ああ、いいよ。だが今度来るときは一本連絡を入れてくれ」

「連絡を入れてもお兄様、なかなか折り返してくれないでしょう？　だから一か八かで警察庁まで来たのよ？　お兄様が捕まえられてよかった」

「耳が痛いな。今度からはなるべく早く折り返すようにするよ」

ふと、鞠子が急に振り返った。その顔は今までの妖艶な美女ではなく、昔から知っている妹の鞠子の顔だった。

「嘘《うそ》よ。お兄様が忙しいのはわかっているの。だから大丈夫よ。お兄様に会いたいときは、こうやって乗り込んでくるわ」

「……だからそれが困るというか」

「ふふっ」

鞠子が笑いながら、倉持の腕に自分の腕を絡ませ、応接室から出た。そのまま廊下をまっすぐ歩き、エントランスへと向かう。

美女と腕を組んで歩く倉持の姿にさまざまな視線が飛び交う。いや、突き刺さる。痛い。

それに、倉持が姿を現すと、いつも聞こえてくる女性職員の声も聞こえない。皆、目か口を大きく開けて、ただただ、倉持と隣に歩く鞠子の姿を追うばかりだ。

後で、鞠子は自分の妹だと、さりげなくフォローしておかなければならないだろう。経費の精算などが遅れたとき、少し自覚のある容姿を使って、女性職員に無理をお願いすることがあるのだ。その際に快く処理してもらえるよう、フォローは大事だ。

心の中で溜息をつきながら、エントランスを抜けると、黒塗りの高級車が見えた。鞠子の姿を確認すると、運転席から運転手が現れ、後部座席のドアを開けた。

「お兄様も乗って」

鞠子はするりと車内へ滑り込むので、倉持もそのまま後に続いて車へ乗った。

ドアが閉められる。途端、車内は静寂に包まれた。運転手も乗ってこない。どうやら先に鞠子から何か指示されたのだろう。車の外で立っていた。

「お兄様、カーディフ殿下からまだ情報を受け取っていらっしゃるの?」

「どうしてお前がそれを?」

「昨日、お兄様が殿下の車にお乗りになるのを見たの」

タイミングが悪かったようだ。なるほど昨日も鞠子はここへ来ていたらしい。

「捜査に関することは口に出せないな」

「捜査の内容には関係ないわ。殿下から情報を受け取っていることは否定されないのね」

「ああ、だが肯定もしない」

「……そう」

鞠子の視線が伏せられ、しばらく沈黙が続く。だがその沈黙も鞠子が破った。

「あまり、無理をしないで」

「鞠子こそ、無理をするな」

鞠子は倉持の言葉に首を小さく横に振った。

「無理はしないわ。ただあの男、武信が失脚するのを手助けするだけ」

「鞠子……」

「家族だけでなく、お兄様をも苦しめた、あの男に引導を渡すときは、私も汚れる場所にいたいと願っているの。そうでなければ、私、生きている意味の半分がなくなってしまうもの」

「そんなことはない。お前がいることで救われる人間はたくさんいる。俺もその一人だ。そして夜源もそうだろう」

「ふふ、知っているわ。知っているから、強くなれるの」

「鞠子……」

「今からあの男、武信と食事なの。彼、私を見ても気づかないのよ？　自分のグループの総帥の伴侶であり、かつて自分が脅した青年の妹でもあるのに、初めましてって言ったの。笑ってしまったわ」

楽しそうに鞠子は笑った。まるで友達とカフェにでも行くような気安さだ。

「それに私が近づいたことにまったく疑問も持たないのよ？　自分に私が近づくだけの魅力があると思いているみたいなの。莫迦よね。でもそれがちょうどよかったんだけど。そうじゃなきゃ、別の手を考えないといけなかったから。ふふっ……」

鞠子はなんでもないように笑った。

「武信を少し脅してみるわ。少しね……」

「危ない真似《まね》はするな。もう手を引け」

「危ない真似はしないわ。お兄様こそ早くカーディフ殿下と手をお切りになって。オメガにされてしまってからでは遅いわ」

「されないから大丈夫だ」

鞠子にどこまで知られているのかわからないが、強く断言した。わずかに鞠子の眉間が寄る。

「そう……お兄様を信じているわ。そろそろ約束の時間になるから、今日はこれで帰ります。お兄様もあまり捜査で無理をしないでね。あと徹夜も」

「徹夜はなかなか難しいな。お前から俺の上司に進言してくれるか？」

「ふふっ……そうね、考えておくわ」

半分冗談にならない雰囲気を漂わせながら、鞠子が答えた。鞠子のオメガとしての力というか、圧というものが、こうやって隣に座っているだけでも感じることができる。

元々力強いオーラを放っていたが、結婚してから、益々強くなった。

「お兄様、次はディナーに連れていってね」

「ああ、仕事が落ち着いていればな」

倉持が車から出ると、入れ替わりで運転手が運転席へと座った。すぐに車が動き出す。スモークガラスで車内は見えないが、鞠子がこちらを見ているのは感じるので、軽く手を振って見送った。

車のテールランプが角を曲がり消えたのを見届け、倉持も一歩、警察庁のエントランスへと歩を進めた。ふとスマホが鳴る。

見覚えのあるナンバーに、小さく溜息をついて出た。

「はい」

『私だ。武信が秘密クラブ、マグノリアへ投資した』

胸に衝撃を覚える。まさに待っていた情報だった。

「――ありがとうございます」

倉持は興奮で声が上擦るのを必死で抑え、カーディフに返事をした。

＊＊＊

カーディフがスマホの通話を切り、側近のアディルにそれを渡すと、彼が受け取りながら話しかけてきた。

「倉持様はお喜びになりましたか？」

その声に彼の顔をちらりと見る。

「ああ、珍しく感謝された。よほど嬉しかったようだ」

「……サマルーン殿下はお怒りになりませんでしょうか？」

「大丈夫だ。兄には簡単にはわからないよう手配した。それにあれは目先の利益に弱い男だ。日本屈指の東條家の本家に繋がりのある人間からの出資となれば、ほいほいと引っかかるのはわかっていた。まあ、だが、念には念を入れて、私には火の粉が降りかからないよう充分考慮したさ」

「あまりご無理はされませんよう。差し出がましいことを申しますが、倉持様に甘すぎるかと」

乳兄弟でもあるアディルに耳が痛いことを言われる。

「惚《ほ》れた弱みだ」

素直に告げてやると、アディルの双眸が優しく細められた。そんな顔で見られていることが、なんとも居心地が悪く、ぶっきらぼうに尋ね返した。

「なんだ？　説教したかと思ったら、嬉しそうな顔をしているぞ」

「いえ、わたくしも複雑ではありますが、殿下がそうやって愛する人にご尽力されるのは、まことに素晴らしいことだと思っております」

そう言ってアディルが一呼吸置いた。

「倉持様をアルファオメガにすることを、お考えでいらっしゃるのなら、国王陛下に早々にお許しをいただかないとなりません。カーディフ殿下は第三王子といえども、今は王太子候補の筆頭でございます。何卒《なにとぞ》、早めにお動きになりますよう」

「……倉持をアルファオメガにするかどうかは決めてはいない」

「え……」

アディルの動きが固まる。それもそうだろう。彼は、カーディフの妃になる人間はアルファオメガに変異させるのが当然だと思っているところがあった。

「別にバースにはこだわっていないからな」

「ですが……」

「エクストラ・アルファは最強だ。それだけでいいだろう？　私は今のままの倉持がいいとも思っている。それに今、あれをアルファオメガにでもしてみろ。私の前から姿を消すか、臍《へそ》を曲げるに決まっている」

「アルファオメガでなければ、殿下のつがいにはなれません」

「つがいという考えも、そろそろ古いかもしれないな。別に私に子供がいなくても、いくらでも王子が我が国にはいる」

「殿下のお子でなければ意味がないということもお考えください」

頭の固いアディルはなかなか引いてはくれないようだ。カーディフはその身をソファーへ深く預けた。

「そう言うな。私は生意気なあの男が愛しいだけだ。彼の根本を変えるようなことは本意ではない」

彼が望まなければ、アルファオメガにしない。それはカーディフの意地かもしれなかった。

――だが、それは半分本音で、半分は理想だ。

自分はまだ心のどこかで倉持をオメガにしたいという欲望があることに気づいている。ただそれを悟られたくなくて、適当に理想的なことを口にするのも理解していた。

彼のことになると、判断できないことが多々ある。そんなことは、他ではありえないというのに、だ。

自分の思うようにならない。それが恋なのだと、彼と会うたびに、何度も何度も思い知らされる。

愛というのが、こんなにも深く、そして複雑であることを、身をもって体験している。今まで恋愛を軽く扱っていた罰だとでもいうように。

ふと視線をテーブルの上のシャンパングラスに落とすと、アディルが心配そうに話を続けた。

「殿下、つがいでなければ、他人に盗られるかもしれないというリスクがつくことをお忘れですか？」

思わず視線をアディルに戻した。

「盗られる？　どこの誰がそんな暴挙に出るのか知らないが、私から奪えるものなら奪ってみるがいいさ。それ相応の報復はさせてもらう」

自分の躰に、スッと冷たい何かが走ったのを感じる。己の手から倉持が零れ落ちることなど考えられなかった。彼を自由に泳がせていても、常に自分の腕の中だと思えるから、余裕でいられる。

我ながら、怖い男だと思う――。

一つ間違えれば、彼を、倉持をどこかへ閉じ込めてしまいそうな狂気も持ち合わせているのだ。つい自嘲《じちょう》めいた笑みが零れた。

「私に余裕があるうちに、彼が手に入ればいいのだが……」

アルファのままで彼を愛そうと思う自分がいる一方、無理やりにでも彼をアルファオメガにし、すべてのものから彼を奪いたくなる自分もいた。

誰の目にも触れさせず、自分の宮殿に閉じ込め、愛を一心に注ぎたいという狂暴な思いが、心の奥底から沸き起こってくるのを否めない。

狂気との境にある柔らかな感情が、完全に毒を含む前に、彼との関係に望む名をつけなければならない。それも彼に気づかれないよう、そして確実に。

「さて、今回のことで、鬼が出るか蛇が出るか。見ものだな」

カーディフは再び視線をシャンパングラスへと移し、それを手にした。

＊＊＊

暗い一室で、倉持は壁を見つめ座っていた。あれから警察庁を退庁し、自分のマンションへ戻ってきていた。

『このワイン、とても飲みやすいのね』

鞠子の声がイヤホンを通して聞こえる。先ほど別れ際に、彼女のバッグに仕込んだ盗聴器が拾う声だ。

口に咥えたタバコを灰皿へ戻す。耳障りな武信の声も聞こえた。

『ああ、君のために取り寄せた年代物だ』

『嬉しいわ、ふふ……』

鞠子はもしかして倉持が盗聴器を仕掛けたことに気づいているのかもしれない。いや、気づいているどころか、わざと倉持に盗聴器を仕掛けさせたのだろう。そうでなければ、武信と今から会うと、わざわざ言いに警察庁まで来るはずがない。

我が妹ながら、大した度胸だと呆れるしかなかった。

鞠子は自分と武信の会話を、倉持に盗聴させたいのだ。それは彼女が今夜、何かをしでかす予定であることを示唆していた。

鞠子……。

時々何を考えているのかわからない。あの東條グループの総帥、鷹司夜源と結婚すると言ったときも、信じられなかった。

東條グループは自分も鞠子も、愛を育む対象ではなかったはずだ。

類稀《たぐいまれ》なる美貌を持った妹――。どんな未来が待っていたとしても、倉持としては、ただただ、彼女の幸せを願うばかりだ。相手が夜源だとしても、きっと一筋の光は通っているはずだ。

『……本当に武信さんって、面白い人』

ふと鞠子の口調に艶が混じったのに気づいた。

『手もこんなに大きいし……』

どうやら鞠子は武信の隣にでも座って会話をしているようだ。

『男らしい手……ふふ、こんな手で愛される奥様はお幸せね』

鞠子――？

倉持は椅子から立ち上がった。妹がしようとしていることがわかったからだ。色仕掛けだ。あの美貌で蠱惑《こわく》的に微笑まれたら、武信のような男など、何をするかわからない。

「くそっ、今から間に合うか？」

鞠子を助けようと、時間と地図を見比べる。鞠子がいるはずのレストランは、ここからどんなに急いで車を走らせても三十分以上はかかるだろう。

武信の秘書の一人として潜入させていた三沢は、今夜に限って警察庁に戻ってきていた。三沢に何かさせることもできない。

『君を愛することだってできるよ』

『でも奥様がいらっしゃるんでしょう？』

倉持の焦る気持ちとは裏腹に、鞠子は落ち着いた声で会話を続けている。

『いるにはいるが、あれも男の愛人を囲っている』

『まあ、武信さんがいらっしゃるのに？』

大袈裟に驚き、武信をさりげなく持ち上げた。

『ああ、だから私が君のことを愛するのに、何も問題はない。妻だって気にしない』

『でも、わたくしの夫が……』

『大丈夫だ。文句は言わせないさ。私がきちんと処理してやる、美佐子《みさこ》』

美佐子——？

倉持は聞こえてくる名前に固まった。鞠子はどうやら偽名を使っているようだ。

倉持がそう察したとき、何かが倒れるような音がした。鞠子の小さな悲鳴が聞こえる。

『美佐子、もう焦《じ》らすな。私の気持ちはわかっているだろう？　この部屋には誰も入ってこないように言ってある。この乳房がどれだけ柔らかく豊かか、この目に見せてくれ』

『ふふ……武信さん、大胆な方。でもやっぱりわたくしの夫が許してくれないわ』

『だからそれは私が解決してやる』

『でも相手は鷹司夜源よ。あなたがどうにかできるかしら……』

『え――』

武信の動きが止まったのが、盗聴器越しにも伝わってきた。

鞠子……。

倉持もへなへなと椅子に座り直した。

『夜源は、浮気は絶対許さないわ。知られたら、厳罰がくだされるでしょうね。わたくしだけでなく、いえ、わたくしはいいとしても、その相手には容赦しないでしょうね』

『待て。総帥の奥方の名前は鞠子さんとかいったぞ。君は美佐子だろう。嘘を言うな』

武信は上擦った声を出しながら、鞠子を揺さぶったようだ。鞠子が小さく声を上げる。

途端、ドアが大きな音を立てたのが、倉持の耳にも入った。

『鞠子様！　どうされましたか？　なっ、鞠子様！』

どかどかと大勢の人間が部屋に入ってきたのが靴音でもわかる。

『鞠子様に何をする！』

『な……鞠子様とは……』

狼狽《うろた》える武信の声を聞き、倉持は笑いが込み上げてくる。すると鞠子のいつもの艶のある柔らかな声が聞こえてきた。

『ああ、ごめんなさい。本名は鷹司鞠子と申します。夫に内緒で、外で男の方と会っているので、偽名を使っていたの。夫は少し嫉妬深いところがあって。もう六十歳を過ぎているのに、まだまだそういうところが可愛いでしょう？』

やっと倉持も理解した。最初から武信を油断させるために、鞠子は偽名を使っていたのだ。先ほど会ったときに――、

『今からあの男、武信と食事なの。彼、私を見ても気づかないのよ？　自分のグループの総帥の伴侶であり、かつて自分が脅した青年の妹でもあるのに、初めましてって言ったの。笑ってしまったわ』

武信に顔を知られていないことを鞠子は理解し、名前を明かさなかったのだ。そして自分に手を出させてから、夜源の名前を出し、武信にプレッシャーをかけたに違いない。

『な……』

武信が窮地に陥っているのが、手に取るようにわかる。

『武信殿、この状況をどう説明されるおつもりですか？　まさか鞠子様に不埒《ふらち》な真似をされようと、思ったわけではありますまいな』

鞠子のボディーガードの男だろうか。厳しい口調で武信に対峙していた。

『いや、私は……』

武信が言い訳をしようと口を開いたときだった。鞠子が言葉を遮った。

『少し酔われたのでしょう？　ワインを何杯もお飲みになったし。夜源には武信さんが酔われて、おふざけになったとでも伝えておいて』

『は、かしこまりました』

『美佐子……いや鞠子様、このことを総師にお伝えするおつもりですか？』

『わたくしではなく、ここにいる彼らが夫に報告するでしょうね。それが彼らのお仕事でもありますもの』

『それでは……私は……一体……』

『酔った上での出来事ですもの。よもや強姦しようなんて、そんな卑劣なこと、されませんでしょう？　ふふっ、ご心配なさらないで、大袈裟なことにはならなくてよ、武信さん。さあ、そろそろ夜源が帰ってくる時間ですので、わたくしはこれで失礼いたします。またお会いできるのを楽しみにしておりますね』

『あ……』

それから複数の足音とピンヒールの靴音が響く。鞠子が武信を部屋に残して出たのだろう。

きっと武信の頭の中では、自分の地位が危ないことを理解し、どうやったらこの危機を脱し、地位を守ることができるのか、あたふたしながら計算をしているだろう。

「はっ、鞠子、お前の心臓、鋼鉄すぎだぞ……」

鞠子には聞こえないが、つい声を出してしまった。だがその一方で、倉持は凄《すさ》まじいスピードで作戦を立てていく。

総師の妻を強姦しそうになった武信は、自分の失態をどうにかしようと必死になるはずだ。あの男の東條家における地位への執着は並大抵のものではない。さらに己の能力も把握せずに、選民意識も高かった。

そんな男が、この事態に甘んじて、素直に身を引くとは考えにくい。最後の最後まで醜く足掻《あが》き、保身に走るだろう。

ならば、夜源に対抗できる勢力は将臣しかいないと、武信のもとに潜入させている三沢から進言させよう。次期総師最有力候補と名高い将臣を手中に収めれば、夜源と対等になれると、言葉巧みに思い込ませればいい。

そして、将臣の弱点である聖也を誘拐して、脅すように唆《そそのか》すのだ。愚鈍な武信は、己の力を過信し、必死にその案に飛びついてくるはずだ。失脚するかもしれないというプレッシャーで冷静さを失った武信を、罠に嵌めるには絶好のチャンスだった。

将臣のほうも、そう簡単にやられるはずがない。もし武信ごときに呑まれるような男であれば、最初から総帥などになれるわけがない。倉持が仕掛けた策を上手く切り抜け、そして武信を自滅に導くに違いなかった。

倉持は口端を軽く上げた。

「明朝から、三沢に動いてもらうか……」

■ Ⅳ ■

深夜、厚生労働省のバース管理局との会議から戻ったばかりの倉持に、武信のところへ潜入させている三沢から短い連絡があった。

『東條聖也を武信の手の者が誘拐しました』

それは倉持にしては、遅いくらいの報告だった。もっと早く武信が動くと思っていたのに、この連絡が来るまでに、実に一週間近くかかっていたのだ。

「そのままお前は武信につけ」

そう言葉短かに命令すると、倉持はすぐに上司のデスクへと向かった。以前から話が通してあった秘密クラブ『マグノリア』への摘発の許可を貰《もら》うためだ。

このタイミングで武信が出資している秘密クラブを押さえて、彼を公の場所へ炙《あぶ》り出してやるつもりだ。

武信を無罪にするために動くだろう東條グループが、その力でねじ伏せられないほどの証拠を突きつけられるチャンスだった。

東條家本家の次期当主の伴侶《はんりょ》誘拐。そして東條グループ総帥の妻への強姦《ごうかん》未遂。さらに違法クラブへの投資を兼ねた出資及び自らのオメガ虐待。

最近、武信が犯している罪だけでも、充分な数だ。過去の罪も、かつては一つ一つは握り潰《つぶ》されてしまったが、今なら意味を持ち、彼を追い詰めることができるだろう。

悔しいが、こうやって急展開を迎えられたのも、カーディフの力がかなり大きいことを認めなければならない。

「躰《からだ》を張った甲斐《かい》があったと言うべきかな――」

倉持は瞼《まぶた》を閉じて、大きく深呼吸をした。そしてあるドアの前に立つと、鋭くノックした。

「失礼します。倉持です」

倉持の長い夜が始まった。

＊＊＊

翌朝、まだ朝の八時、カーディフがある客人を迎え、リビングで話をしていると、部屋の外が急に騒がしくなった。

「お待ちください、サマルーン殿下。カーディフ殿下は只今《ただいま》、来客中であります」

側近のアディルの声で、来客が誰《だれ》であるかがわかった。

カーディフは小さく溜息《ためいき》をついて、笑みを浮かべ、向かいに座っていた客人に声をかけた。

「少々、見苦しい場面をお見せするかもしれないが、気にしないでくれたまえ。我が兄は気が短い」

断りを入れて席を立ったと同時に、荒々しくドアが開け放たれた。

「カーディフ！」

「これは兄上殿、こちらまでいらっしゃるとは珍しいですね」

にこやかに迎えたカーディフの襟首をサマルーンが摑《つか》み上げてきた。首が締まる。

「お前、私のクラブに警察を入れただろうっ！」

「兄上、苦しいです。お放しください。それに客人に見られますよ」

その言葉に、サマルーンはやっと部屋に客人がいることに気づいたようで、すぐに手を離した。相変わらず周りが見えない男だ。

「ふん、こいつはアラビア語を理解していないな？」

「ええ、そうですね。ただ、兄上が何を話しているかはわからないかもしれませんが、動作で大体の想像はつくと思いますから、あまり怒鳴ったりするのはよくないかと」

「お前に言われるまでもないわ」

きつく睨《にら》まれる。臆病《おくびょう》者の睨みなどカーディフにとったら、何も意味をなさない。心の中で溜息をつくだけだ。

そんなカーディフの気持ちに気づかず、サマルーンは言葉を続けた。

「お前など私の庇護《ひご》がなければ何もできなかった若造のくせに。お前が小さい頃から、どれだけ私がお前の面倒を見て、助けてきたか、よもや忘れたわけではないだろうな」

面倒を見られた覚えもなければ、助けられた覚えもまったくない。それどころか、出来の悪い兄の罪をかぶせられ、代わりに怒られたことは数えきれないほどある。そのたびに兄は笑っていたが、ある程度、時が経つと、父王も含め、大抵の大人は兄が犯人であることを知っていた。

「すべて誰かが私を陥れようと仕掛けたものばかりでしたけどね。兄上が仲裁してくださり、助かりました」

空々しいことを口にしても、兄はその言葉通りに受け取り、満足そうに笑みを浮かべる。

こんな兄でも切り捨てないのは、いつかどこかで使える時があるだろうと思っているからだ。これから先、王位を狙《ねら》うためには、捨てる駒《こま》はたくさんあったほうがいい。

カーディフは人好きのする笑顔をサマルーンに向けると、話を促した。

「それで、どうして私が兄上のクラブに警察など入れるのです。大体、私は兄上のクラブが幾つあるか、どこにあるかも知りませんし。ああ、先日初めて兄上に招待されて、そのうちの一つに行かせていただきましたが、あれは日本の警察に摘発されたんですよね？ということは、また狙われたんですか？」

「くっ……シラを切るな。最近、お前が気に入っている男が警察関係者だろうが！　あの男に密告したんだろう」

「ああ、彼ですか？　彼に密告なんてしていませんよ。大体、今も言いましたが、私は兄上の経営しているクラブのことは一切知りません。私のような者が、兄上のことを知れるはずがないでしょう？　兄上は完璧《かんぺき》に隠されているのですから、とても私では調べられません」

「……っ、そ、それはそうだが」

彼が言い淀《よど》む。本当に扱いやすい男だ。実際のところ、あのクラブが摘発されたのは、兄が武信を出資者として受け入れたからに過ぎない。実際、武信が関係していなければ、こんなに派手に摘発されなかっただろう。倉持に利用されただけだ。

すべてが自分の招き寄せたものだと言ってやりたいが、本心は笑顔で隠す。

「それに彼を手元に置くようになったときに、先に兄上に断りを入れたではありませんか。今度の男は日本の警察関係者だが、兄上とはまったく関係ない部署だと。お忘れですか？」

「っ……」

「変な誤解が生まれないようにと、まずは兄上に報告したんですよ？　どうしてそのような誤解を……。私は兄上と友好的にいたいのです。わざわざ波風を立てるようなことはしません。兄上もそれはわかっていらっしゃるのではありませんか？」

兄の怒りが徐々に戸惑いに変わりつつあるのが手に取るようにわかる。今は己が勘違いをしていたことをカーディフに指摘され、怒りを覚えているのだろう。

こんな兄の機嫌取りなど、長年の付き合いでわかっている。彼の望む言葉をかけてやればいいのだ。

「兄上はきっと私が愛人に騙《だま》されているのではないかと心配されたのですね？　相変わらず慈悲深い方だ。大丈夫です。あの愛人の動きはきちんと監視しておりますから」

「フン、どうだか。お前は騙されやすいからな」

彼が忌々しげに答える。

「兄上、今回のことで何かお困りのことがありましたら、微力ながら私もお力になれるかもしれません。どうぞ仰《おっしゃ》ってください」

兄という男は、弟から援助を申し出されたのを断り、自分の偉大さを強調するのが好きなので、わざと言ってやる。

「もう、よい。お前に助けられなくとも、このようなこと、どうにでもなる」

「その通りでした。出しゃばった真似《まね》をし、お許しください」

深々と頭を下げると、ようやくサマルーンの溜飲《りゅういん》が下がったようだ。尊大な態度でカーディフに告げた。

「お前もあんな日本人の男など、さっさと捨てて、祖国の女とでも結婚しろ」

「まだ家庭を持てるような甲斐性もありませぬゆえ、遊びの恋にうつつを抜かしております。我が身の愚かさは充分承知。兄上、可愛《かわい》い弟のために、もうしばらく傍観してくださいませ」

「まったく、遊び惚《ほう》けているとはいいご身分だな」

お前もな、と今にも口から出そうになったが、どうにか理性で止めた。

「私もお前のように気楽でいたいものだ。ゆっくりする暇もないわ。帰るぞ」

後ろに控えていた自分の側近に声をかけると、サマルーンは来たときと同様、嵐《あらし》のように去っていった。残されたのはカーディフと、客人だけだ。その客人にカーディフが視線を戻すと、彼が口を開いた。

「すべてではないですが、俺も少しくらいアラビア語を理解できるんですがね」

「そうか。それは失礼した、ミスター真備」

カーディフは黙ってソファーに座っていた真備に笑みを零《こぼ》した。

真備宏和。二十八歳。倉持の同僚であり、倉持の良き理解者でもある特別分析官だ。そしてカーディフが一番用心している恋敵でもある。

「殿下、あなたがいろいろ苦労をされていることはわかりましたよ」

「兄にも君のように観察力でもあればよかったんだがな」

「それはそれで、殿下にとって、扱いやすい人間ではなくなるでしょう？」

彼の言葉に唇の片端を上げて応《こた》えた。この男はよくわかっているようだ。

「それで俺をここまで呼んだご用件はなんですか？　ご兄弟の仲の悪さを見せつけるためではありませんよね？」

「君は意外とおしゃべりなようだな」

そう言いながらも、真備の陽気そうには見せかけてはいるが、鋭い眼差《まなざ》しに、カーディフは気づいていた。

「職業病ですよ」

彼がそう嘯《うそぶ》く。

「なら単刀直入に言おう。私の周囲を嗅《か》ぎ回らないことだ。あまりいいことはないぞ、ミスター」

最近、あらゆるところで、この男がカーディフのことを嗅ぎ回っているのに気がついていた。さすがにこのままでは鬱陶《うっとう》しいので、今回改めて招待したのだ。

「気づかれていましたか。まあ、あまりにもスムーズにいくので、怪しいとは思っていましたけどね」

彼は開き直っているようで、大して悪びれずに答えてきた。

「私の弱みでも握ろうとでも？」

「あわよくば、ですがね。本当の理由は倉持ですよ。あなたもわかっていらっしゃるはずだ。俺がここに来た理由を」

「はっ、買いかぶってもらっては困るな。私はそこまで人の心を察するような鋭い男ではないぞ？」

そう答えると、真備の表情が今までより、少しだけ真剣みを帯びた。

「殿下が倉持のことを遊びで付き合っているなら、俺も首は突っ込まないつもりです。所《しょ》詮《せん》、遊びですからね」

　はっきり言いきり、そして少しだけ間を空けた。彼自身が言葉を選んでいるようだ。

「ですが……いえ、この際、あなたの本気度は関係ありませんね。あなたが遊びのつもりでも、倉持をどうしようか考えているかで、俺の対応も変わってくるということです」

「倉持をどうしようかとは？」

　男が正確にカーディフの想いを理解しているのなら、どういう答えを出すのか、興味が湧《わ》いてくる。他人から見る自分を一つずつ暴くのも面白かった。

「エクストラ・アルファのあなたは、アルファの人間をアルファオメガに変異させることができる唯一の最高種バースだ。倉持のバースを操作するのも造作もないことでしょう？」

「どうかな？　君たちにエクストラ・アルファのどんな情報が流れているか知らないが、相手のバースを変えるなど、簡単な話では済まないことくらい知っているだろう？」

　カーディフはそこでわざと言葉を切った。

「それで、その話と君と、どういう関係があるのかい？」

「あなたが倉持をオメガにしようとするのなら、俺はそれを阻止するということです」

「阻止？」

途端、先日アディルが口にした言葉を思い出した。

『殿下、つがいでなければ、他人に盗られるかもしれないというリスクがつくことをお忘れですか？』

カーディフの双眸《そうぼう》が知らずと鋭くなった。

「君が私を阻止する？　それは宣戦布告と受け取っていいのかな？」

「宣戦布告とは。殿下、やはり俺の倉持に対する気持ちに気づいておられるではありませんか。ですが、宣戦布告ではありませんよ。この舞台から去ってほしいと願っているだけです」

「ほぉ……舞台から去るとは、どういう意味だ？」

「倉持には理念があります。それにこれからすべきこともあります。あなたに惑わされている暇はないということです。この我々の戦いの場に、あなたの暇潰しの恋はいらない。お引き取り願いたい」

真備の声がホテルの部屋に鋭く響いた。その声の真剣さに少しだけ驚く。カーディフを相手にここまで言う人間は滅多にいない。倉持くらいだ。だが、呼ばれてここまでやってきた彼だ。何も含みがないはずはないので、ある程度は想定内ではある。

「暇潰しの恋、か――」

この男も倉持を愛している。だがアルファの男同士ということで、一歩引いているに違いなかった。それゆえに後から出てきたカーディフに危機感を覚えるのは当然だろう。ましてやアルファをオメガに変えられるエクストラ・アルファなのだから。

倉持とは警察学校からの親友と聞いている。彼も長く倉持に片思いをしているものだ。

「自分のことは自分で決めるのが私のモットーだ。君に指図される謂《いわ》れはないな」

軽く笑みを浮かべると、真備が言葉を足してきた。

「俺も倉持も、ある程度訓練されています。簡単にはオメガに変異させられませんし、エクストラ・アルファの力に屈服しないですよ」

思わず笑ってしまった。

一部の人間に知られている一番有名なエクストラ・アルファの力には、アルファをオメガに変異させるというバース性を根底から覆すものと、自分よりも下位のバースの人間に対して、精神的圧力をかけ、逆らえないようにするというものがある。

他にも今までのバース性とは違う特殊能力があるが、現在のバース社会がパニック状態に陥らないように、エクストラ・アルファの力のすべては公にされていなかった。

どうやら彼は、カーディフがそのエクストラ・アルファの力の一部を自分たちに簡単に使うと思っているらしい。莫迦《ばか》なことだ。

「心外だな。ケンもだが、君もどうしても私が力を使うと決めつけているようだ。君たちの期待を裏切って悪いが、使う予定はない。それに恋の駆け引きにエクストラ・アルファの力を使うのは野暮であろう？」

「野暮？」

真備が怪訝《けげん》な表情で見つめてくる。

「遊びではないからな」

だから本心を彼に告げてやった。早々にテリトリーを明確にし、恋敵を牽制《けんせい》しておくのは、基本中の基本だ。彼の片眉《かたまゆ》がぴくりと反応するのを見逃さず見つめる。

「……まさか、倉持をオメガにするつもりでは！」

ここでもまた彼をオメガにするかどうかという問題にぶつかることに自嘲《じちょう》する。アディルにも言われたばかりだというのに、思ったより、当の本人より周囲が気にしているようだ。

「彼が望むなら、とでも言っておこうか。そもそも無理やり彼をオメガにするのは私の本意ではないからな。それはただの力の行使でしかない」

そう——。欲しいのは躰ではない。魂ごと欲しいのだ。心のない人形はいらない。

あの鋭い眼差し、生意気な態度。抱けば熱くなる躰、すべてを手にいれたい。

「では倉持は自分から殿下と関係を持ったとでも？」

益々彼の双眸が厳しくなった。だが、敵意を向けられているのに、どうしてか心地いい。彼の知らない倉持を自分が知っているということに優越感を覚えるせいだろうか。

「そうだ。あれの意志で私たちの関係は成立している」

「そうせざるを得なくしたのも殿下だとしても？」

彼の口調がきつくなったが、両肩をそっと上下させて軽く流した。

「私が策を練っていたのもあれは承知していただろう。それでも私と契約したのだ。君があれこれ言う権利はない」

「なるほど、そうやって俺に言うことを聞かせるのですね」

暗にカーディフが力を行使して真備を好きなように動かすのではないか、そんなことを言われる。

「フッ……使われたいのか？」

少しだけエクストラ・アルファの力を表に出す。じわりと熱が外へ放たれるのを感じた途端、真備が小さく唸《うな》った。圧がかかり息苦しくなるのだ。

すぐに力を緩める。すると彼が大きく呼吸をした。

「はあっ……はっ……」

彼がソファーのアームに手をついて、躰を支える。軽い立ち眩《くら》みのようなものになったに違いなかった。

「フン、君が私に従うようになったら、ケンが不審に思うだろう。ケンには嫌われたくないからな。彼の友人である君を尊重するよ。ただし限度はあるがね」

「……心に留めておきますよ」

真備は躰を起き上がらせ、ソファーの背に凭《もた》れた。

「話はそれだけだ。そろそろ君も登庁する時間ではないのか？　昨夜《ゆうべ》の捕り物でケンのチームが持ってきた証拠品の分析をするんだろう？　君も今から仕事が忙しくなるのではないのか？」

「別に今回のヤマは俺には関係ないので、そうでもないですよ。だけど、疲れた倉持を癒《いや》すことはできますけどね」

「ハッ、あまり私を嫉妬《しっと》させぬことだ。嫉妬に狂った男は何をするかわからぬからな。君も気をつけることだ」

「殿下が言われると、冗談には聞こえませんね。まあ、冗談ではないかもしれませんが」

そう言いながら、彼がソファーから立ち上がった。

「——エクストラ・アルファの力には到底敵《かな》いませんが、俺は倉持を守りますよ」

上から彼のきつい双眸がソファーに座ったカーディフに向けられる。

「そうか」

「倉持を傷つけるなら、たとえあなたでも容赦はしない」

「君と話ができて、有意義な時間だったよ」

カーディフはゆっくり立ち上がり、彼と対峙《たいじ》した。一時も目を離さず、カーディフを睨みつける真備に、笑みを浮かべる。

「では、また近いうちに君に会う機会があるかもしれんな」

「できれば避けたいですね。では、失礼いたします」

真備は踵《きびす》を返し、そのまま部屋から出ていった。

カーディフは彼の姿がドアの外へと消えたのを確認し、アディルを呼んだ。すぐに彼が姿を現す。

「念のためにケンにボディーガードを手配しろ。兄が何かを仕掛けるやもしれん」

「かしこまりました」

兄が、先ほど倉持のことを口にしていたのが気になった。あの男は自分の力を過信しているゆえに、愚行を平気でするところがある。用心に越したことはない。

カーディフはソファーのアームに優雅に肘《ひじ》をつき、真備が出ていったドアを見つめた。

＊＊＊

陣頭指揮を執っていた倉持はやっと肩から力を抜いて大きく息を吐いた。

とにかく大規模な摘発だった。世界各国から誘拐されたオメガを十七人保護できたのだ。

アルファよりも少ないと言われる希少種オメガを世界中から攫《さら》ってきたということに驚きを隠せない。改めて、カーディフの兄が、深く闇《やみ》組織と繋《つな》がっていることが窺《うかが》い知れた。

カーディフとの取引で、兄、サマルーンについては捕まえず、わざと見逃したところだ。

倉持の上司もそれを承知しているが、それでもサマルーンを泳がすことに抵抗があった。

またオメガの被害者が出ることが容易に想像できるからだ。

「こんな莫迦兄貴、あんた、どうする気なんだよ。ったく、あんたの足、引っ張んだろうが」

「何か仰いましたか？　倉持さん」

独り言のつもりだったが、少し離れた場所にいた部下の一人が聞き返してきた。

「いや、なんでもない。独り言だ」

そう答えると、インカムに報告が入った。

『ザザッ、経営者らを捕らえましたが、オーナーらしき男はおりません』

倉持のきわめて側近の部下に、わざとサマルーンが捕まらないよう指揮をさせたが、どうやら成功したようだ。真実を知らされていない部下が慌てた様子で報告してくる。それを素知らぬ様子で答えた。

「最初から今夜はいなかったかもしれない。そちらは山崎《やまざき》班が引き続き追うことになっている。私たちは雑魚《ざこ》の始末と被害者の保護に徹しろ」

『了解』

今夜は将臣の特権を使えず、バース管理局の特殊部隊による援軍はなかったが、優秀な部下ともう一人の特別管理官、山崎のチームのお陰で、どうにか成功を収めることができた。

将臣は今頃、鎌倉《かまくら》の武信の別荘へと向かっているだろう。

潜入させている部下の三沢の報告では、武信は子飼いの部下を使って、聖也を鎌倉の別荘へ拉致《らち》したとのことだった。

武信は東條グループの総帥、夜源の妻、鞠子に手を出したことで、グループ内でも微妙な立場に立たされることを意識して、倉持が裏で糸を引いているとも気づかず、必死で画策している途中だ。

三沢の協力もあって、武信には聖也がエクストラ・アルファである可能性が高いと耳打ちしてある。武信自身も元々自分の甥《おい》がエクストラ・アルファではないかと疑念を抱いていたので、すぐに信じた。

そして今、倉持の策略通りに武信は将臣の伴侶である聖也を誘拐し、聖也のバースがアルファオメガであるか調べることで、将臣が本当にエクストラ・アルファかどうかを見極めるつもりだ。

アルファオメガというバースは、エクストラ・アルファの力なしでは生まれないからだ。武信は自分の甥、将臣がエクストラ・アルファであるなら、将臣を配下に置くことで、自分の東條グループ内での危うい立場を強固にできると信じ切っている。

自分なら将臣を押さえ込むことなど簡単だと思っているのだ。エクストラ・アルファの真の怖さを知らない男の愚考でしかなかった。

聖也を誘拐する――。それがどんなに恐ろしいことなのか、武信は理解していない。

東條家も武信への信頼はなきに等しいようで、将臣のことは武信にはすべて隠されていると聞いている。それゆえに彼の知識が足りないのは仕方がないのかもしれないが、東條本家にゆかりがある者なら、ある程度は調べておくべきではないかと、彼の詰めの甘さに呆《あき》れるしかない。

さらに追い打ちをかけるように、彼が投資していた、この秘密クラブの摘発を仕掛けた。資金面を洗えば、武信の名前が間違いなく上がってくる。

鞠子の件とこの摘発の件で彼は焦り、保身で頭がいっぱいになっているはずだ。彼が焦れば焦るほど、その首が締まる。そして今、武信は倉持が描く策略のまま落ちていた。

オメガアルファ誘拐の事実から、バース管理局も武信をマークするようになるであろう。そして将臣からもなんらかの制裁を受け、彼の元々輝かしくもない経歴はすべて消し去られるに違いなかった。倉持が手出しするよりも、完膚なきまでに、だ。

「あともう一つくらい罪をつければ、完璧に消せるな」

倉持は摘発を終え、がらんとした会場から一歩外へ出た。

「オメガの被害者をバース医療センターまで護衛しろ」

「はい」

そのまま階段を上り、地上へと出る。外では多くのパトカーや救急車が停《と》められ、野次馬が集まってきていた。

「倉持」

呼ぶ声に視線を向けると、同じ特別管理官の山崎の姿があった。

「ここは俺が後始末をしておく。お前は医療センターへ行ってくれるか。マスコミが事件を嗅ぎつけたらしい。奴らがセンターにやってくる前に、被害者のオメガを入院させろ。さもなくば、お前がマスコミの盾になれ」

「山崎さん……。それ、自分がマスコミ対策が嫌だから、俺に押しつけてるんじゃゃ……」

ぼそりと呟《つぶや》くと、山崎が男くさい顔でニヤリと笑う。

「何事も早い者勝ちさ。俺はここを片づける。お前はオメガの護衛と、万が一のマスコミ対策だ。男前に生まれたんだ。せいぜいマスコミを惹《ひ》きつけておけよ」

「はいはい。男前に生まれてすみませんね。やっておきます」

「お前、男前を否定しとけ。先輩を立てろ」

冗談っぽく言う山崎に笑って会釈をし、救急車の後へ続こうとしていたパトカーに手を上げて停め、後部座席に乗る。

「どうされたんですか？　倉持さんも、センターへ行かれるのですか？」

助手席に座っていた先ほどの部下が、驚いて声をかけてくる。

「ああ、万が一のマスコミ対策を頼まれた。バース医療センターは基本マスコミをシャットアウトすることになっているが、違法まがいで紛れ込むネズミを追い払わないとならないからな」

バース医療センターは、センシティブなバースという分野の医療施設なので、法的に報道からも守られている。だが、報道の自由という観点もあり、なんとも微妙な情報合戦が繰り広げられるのだ。

「行きたくないのに、くそ」

「はぁ……そんなわがまま、特別管理官の倉持さんでも許されませんよ」

「お前、マスコミが押し寄せてきたら、対応を頼むな」

「ええっ!? それは勘弁してください。それに倉持さんが頼まれたのでしょう?」

「上司命令」

「う……」

部下が黙ったのをいいことに、倉持はそれ以上何も言わず、救急車の赤いランプを見つめ続けた。

■ V ■

バース医療センターで、保護したすべてのオメガの健康状態を簡単に検査し、全員をとりあえず入院させた頃には、すでに夜が明け始めていた。

「はぁ……」

倉持は医療センターの喫煙所にある長椅子《ながいす》に、ぐったりと崩れるように座った。

疲れた……。

天井を見上げ、大きく溜息をついてしまった。今、喫煙所には誰もいない。部下には、被害者のオメガ一人ずつに、今後の説明をさせており、倉持だけタバコを吸いに喫煙所へと来ていた。

危惧《きぐ》していたマスコミは倉持の予想に反し、どこかで規制されたらしい。上から『大丈夫だ』としか連絡がなかったが、大体は予想ができた。

きっと武信の別荘から救出された聖也がここに入院してくるので、上が動いたのだろう。

天下無敵の東條グループの次期総帥とも噂《うわさ》される東條将臣とそのつがい、秘密にされたバース、アルファオメガの聖也が、ここに来るのならば、政府が動いてもおかしくない。

——だから、ここに来たくなかったんだ……。

今さら言っても仕方ないが、将臣に会う確率が高くなるような場所は避けたかった。だから最初は、部下だけに行かせようとしたのだ。マスコミの対応が面倒というのは体のいい言い訳である。

「あいつらが来る前に、戻らないとな」

しかし、せっかく探した喫煙所だ。まずは肺いっぱいに不健康な煙を吸い込みたい。疲れ切った躰をもそもそと動かし、スーツのジャケットの内ポケットからタバコを取り出そうとしたときだった。倉持のスマホがわずかに震えた。思わず舌打ちする。

一服してからスマホの電源を入れればよかったと後悔しながら、押し殺した声で電話に出た。

「はい」

『東條聖也が、東條将臣の手によって救出されました。先ほど鎌倉の武信の別荘はバース管理局の特殊部隊に制圧された模様です』

「ホシは？」

『クラブ摘発の後始末に追われて、別荘に行くのが遅れたせいで、無事です』

「悪運が強いな」

『とりあえず葉山《はやま》の別荘に籠《こも》るようです』

「了解だ。また報告を頼む」

『はい』

電話が切れる。武信が葉山の別荘に逃げたことは、すぐに将臣の耳にも入るだろう。聖也を傷つけようとした人間を彼が見逃すはずがない。武信の今までの愚考を素知らぬ振りをして見逃してきた将臣だが、今回の件で、見切りをつけるはずだ。

だがたぶんそれでは、完全に武信を社会的に抹殺することはできないだろう。

「もう一つ手札を使っておくか」

今度こそ、倉持はタバコに火をつけたのだった。

＊＊＊

すっかり陽も昇り、隣の公園で遊んでいる子供の笑い声が窓の外から聞こえてきた。

都心でも大きな公園に隣接した閑静な街の一角に、バース医療センターがあるので、休日など、窓を開けていると、子供の賑《にぎ》やかな声が風に乗って聞こえてくるのだ。

その声で、倉持も今日が土曜日であることを思い出した。土曜日は、大体の企業は休業日であるが、倉持にはそんな休みなど関係なく、休みどころか、二日連続の徹夜明けとなった。

「倉持さん、車が到着しました」

部下の一人、梶《かじ》が喫煙所まで呼びに来た。

「ああ、今行く」

喫煙所の長椅子から立ち上がり、辺りをさりげなく確認する。

実は少し前に聖也が急患という形でこのバース医療センターに入ったのだ。その際、付き添いとして将臣がいたのを、倉持は確認していた。

ここで彼と会うようなことは避けたい――。

倉持は瑛凰学園を退学したときから、将臣の前には二度と姿を見せないと決めていた。それが親友としてのけじめだと思っているし、またこれから倉持が進める計画を、将臣に知られたくないのもある。

彼に会うだけで、計画を悟られてしまうような気がして、用心しているのだ。それだけエクストラ・アルファの能力を警戒しているとも言えた。

東條グループを切り崩していく――。

こんな東條グループがすべてであるような日本の政財界は嫌悪すべきものであり、そしてそこの出身というだけで日本を支配させてはいけない。

世界各国でも同じように一族で実権を握るアルファの勢力はあるが、東條グループはその中でも甚《はなは》だしく特権を乱用していた。

約百年前まではなかった制度。そして不平等。この歪《いびつ》な制度を、少しずつでも構わない、元の姿に戻したい。

誰もが夢を叶《かな》えられる、バースに縛られない世界を。アルファの理不尽な力から解放された世界を――。

そのためには東條というグループが邪魔だった。グループ内すべてが悪いとは言わないが、内部にはかなり腐った人間も巣食っている。彼らは特権階級だと言わんばかりに、罪を犯し、弱者をいたぶっていた。倉持の人生を変えた武信もその一人に過ぎない。

今までも倉持はそういった東條の家の者を、何人か逮捕まで漕《こ》ぎつけたことはあるが、まだまだだった。

その東條グループの次の総帥の座に一番近いと言われる将臣。彼と敵対する日もそう遠くはない。だからこそ、今さら会いたくなかった。

敵は敵でいてほしい。それ以外の関係を、そして感情を自分に与えてほしくない。

「あと、山崎さんから、先ほど連絡があり、あちらも収拾がついたので、引き上げるとのことでした」

「わかった」

倉持は頷《うなず》きながら梶と一緒に、すでに明るくなった廊下を足早に進んだ。エントランスにはパトカーが停まっていた。

倉持の姿を確認し、助手席から部下が出てきて倉持に敬礼をすると、パトカーの後部座席のドアを開けた。乗り込むとすぐに動き出す。

一般人の影がなくなったところで、倉持は部下の梶に今後の話をした。

「梶、今回のことで政府から特別チームが派遣される。前回と今回、両方とも大きな摘発で、かなりのオメガを保護したからな。とうとう政府が動くようだ。それで、そちらはバース管理局が窓口となる。我々は一切関知するなということだ」

「は？　今回は管理局の奴らには関係ないじゃないですか。ったく、手柄を独り占めするつもりですね。主体は自分たちだと言わんばかりじゃないですか」

憤慨した梶は納得できないとばかりに眉間《みけん》に皺《しわ》を寄せる。

「まあ、仕方ない。今回は違うが、前回はこちらがあちらの特殊部隊を利用したのも確かだしな。うちが前もって機動隊を申請しようとしたら、上司のサインが幾ついることか。サインしている間に、好機を逃すのが関の山だ。ここは今後のためにも管理局に花を持たせてやればいいいさ」

バースに関する組織も無駄が多い。厚生労働省と警察庁にバース関連が分かれているのも、捜査に無駄が生じる原因だ。さらに警察庁の中でも刑事局と警備局の両方に関係がある。バース課としては、もう少し横の関係を良好に保ちたいところである。

「でもさすがは東條グループ本家の嫡男ですね。どんなコネがあるのか、あのバース管理局にさっと特殊部隊を派遣させるんですから。癒着が酷《ひど》すぎませんか？　俺らが申請したら、面倒な書類を山ほど書かされるのに」

「そうだな」

バース課でも将臣がエクストラ・アルファであることを知らない人間がほとんどだ。よほどの上層部でないと知らされないトップシークレットになっている。なので、彼がバース管理局の特殊部隊を出動させるのも、コネのせいだと思う人間が多い。

「と、噂をすれば、後方、東條将臣さんじゃないですか？」

助手席に座っていた部下が声をかけてきた。ルームミラーで後方を確認すると、医療センターのエントランスに、将臣の姿を見ることができた。

少しだけ鼓動が速くなった。どこかでまだ彼に罪悪感があるからかもしれない。

「バース医療センターにいるって、誰か入院でもされているんですかね」

「そうだな」

「東條家は一族がバース婚をしているせいか、アルファとオメガがうじゃうじゃいるって話ですから、誰かがバース関連の事故で入院していても不思議ではないかも、ですね」

ここにいる部下たちは、三沢がどこに潜入しているかは知らされていない。それゆえに、東條武信の別荘で特殊部隊による制圧が行われたことも、明日には知るかもしれないが、今は知らなかった。

「個人的なことだろう。見て見ぬ振りをしておけばいい」

「そうですね」

部下が口を閉じると、パトカーの中は無線から聞こえる声だけが響く。

倉持は小さく息を吐いて、シートに凭れた。

「梶、お前も寝ておけ。おい、署に着くまで俺らは寝ているから、安全運転で頼むぞ」

「わかりました」

運転をしている部下の声に目を瞑《つむ》る。途端、瞼の裏に今見た将臣の姿が浮かんできた。もしかして俺がいたことに、将臣は気づいたのか——？

もしそうなら、ちょうどいい。将臣に会わずに帰ったことで、会う気がないということを彼に示した、いい機会だった。

これからも会わないことを祈りつつ、倉持は深い眠りに落ちていった。

＊＊＊

倉持はバース課に戻ってから、もう一度軽く仮眠を取った。そして昼にマスコミ対策を倉持に丸投げした山崎に奢《おご》ってもらった天ぷら定食を食べて、昼過ぎにやっとデスクに戻る。すると、真備が今朝《けさ》は出勤しておらず、無断欠勤だと耳にした。

真備……？

悪友の真備は飄々《ひょうひょう》として口は悪いが、無断欠勤などという無責任なことはしない男だ。

「電話も通じないんですよ。何かあったんじゃないでしょうか……」

心配げに、女性職員が上司に報告しているのを横目に、倉持はさりげなく部屋を出た。そしてすぐにロッカーへと向かい、自分の私用電話を取り出した。

真備とは職業柄、もしものことを考え、お互いの位置情報を個人的に共有しているのだ。どちらかに何かがあったら、もう片方が動く、そう決めていた。現在真備は、電波の届かない場所にいるか、電源を切っているようだが、スマホの電波が最後に確認された位置情報が出る。

「っ、なんで……カーディフのホテルに」

見覚えのある場所に、倉持は息を呑《の》んだ。二人に面識はないはずだが、先日カーディフはその名前を口にしていた。

『真備とかいう男にもか？　他の男とイチャイチャするのはマナー違反だと思うが？』

独占欲のせいか、真備の存在を気にしており、あまり真備に対していい印象を持っていないようにも見えた。もしかしたら勝手にライバルとか明後日《あさって》の方向に誤解しているかもしれない。

――カーディフが真備を拉致した？

彼がそんな卑怯《ひきょう》なことをするとは思えないが、真備が連絡のとれない状況に陥っていることは確かだ。

躊躇《ためら》っている時間はない。倉持は勇気をもって、カーディフに電話した。

『なんだ？』

数回コール音が聞こえた後、彼の甘く低い声が鼓膜に響いた。一瞬逡巡《しゅんじゅん》したが、倉持はストレートに尋ねることにした。

「——そこに、真備はいないか？」

『真備？』

カーディフの怪訝な声が返る。

「真備が行方不明だ。ＧＰＳを調べると、そのホテルで途絶えている」

倉持は冷静でいようと努めた。息を潜めてカーディフの返答を待つ。その答えによっては、彼を糾弾せねばならない。

すると彼が小さく息を吐いたのが聞こえた。

『確かに今朝、出勤前に真備がここに来ていたことは認めよう。だが、すぐに帰ったが？』

「どうして真備がそこに？」

冷静さを欠いて、声が鋭くなってしまうのを否めない。もっと心を落ち着かせなければ、この男と対等に渡り合っていけないというのに。

『私の周りをうろうろして、いろいろ調べていたようだからな。聞きたいことがあるなら、直接聞けばいいと招待した』

真備がカーディフの周囲を探っていたとは初耳だった。だが真備が倉持のバースが変えられることを心配していたのは知っている。

それで調べていたのだろうか……。

何を心配して、または目的としてカーディフを調べていたかはわからないが、二人の間を繋ぐべき糸はあったということだ。

「すぐに帰ったというのは、本当か？」

『お前に嘘《うそ》をついて、私になんの利があると言うのだ？　ましてや真備はお前の友人だ。何かしたら、私がお前に恨まれるのはわかっている。そんなリスクをどうして私が冒さないとならないんだ』

「そんなことわかるものか。とにかく今からそちらへ行く。あんたは逃げずに待ってろよ」

『どうして逃げるんだ？　愛《いと》しいお前がわざわざ会いに来てくれるというのに。歓迎するさ。早く来い』

「言ってろ」

倉持は電話を切ると、そのままバース課へと戻る。三沢はまだ武信のところの潜入から戻ってきていないようなので、代わりに梶を呼ぶ。

「梶、今からちょっと山崎さんと出てくる。もしかしたら真備を連れ戻せるかもしれない」

昨日に引き続きだが、こんな面倒で臨機応変に対応しなければならないことを頼めるのはやはり先輩の山崎しかいない。

先ほど昼ごはんを一緒にしたときに、午後から辻褄《つじつま》合わせの書類作成だと言っていた。ならば少しくらい、付き合ってくれる余裕はあるだろう。

「一時間後、俺から連絡がなかったら、機動隊出動要請を出してくれ」

「機動隊って……倉持さん、物騒すぎませんか？　それに機動隊を出動させるには、それなりの理由がないと申請が通りませんよ」

「真備と俺が拉致されたと言えば、とりあえずは出動するだろう」

「えっ!?　拉致されるんですか！」

梶が思わず大声を上げてしまった。周囲の人間が不審げにこちらに視線を向ける。

「しっ、たとえばの話だ。それくらい話を盛っておかないと、出動申請通らないからな。まあ、そんなことにはならないと思うが、念には念を入れてだ」

「しかし……」

「心配しなくてもいい。一時間後には連絡を入れるさ」

「……わかりました。気をつけてください。それにしてもどこへ行かれるのですか？」

その質問に答えるかどうかは迷うところだ。カーディフの名前を出せば、何かあったとき、彼が疑われてしまう。今は重要な情報提供者として、上司からも覚えがめでたい。このまま倉持が彼との関係を続けていくのならば、上司の印象はいいほうに越したことはない。こんなことで、カーディフに対する上司の信頼度を下げたくなかった。

「上司にはまだ言うなよ。機動隊を動かすときに初めて報告しろ。いいか？」

「はい」

「カーディフ・ラフィータ・ビン・ラム・バルーシュ殿下の泊まっておられるホテルだ」

その答えに、梶の双眸も真剣みを増す。

「倉持さん、それ、ちょっとまずいですよ。ちゃんと下準備していかないと、大目玉を食らうパターンですよ。事後承諾だとしても、形だけでも本部立ち上げてくださいよ。書類は私がなんとか作りますから」

「はぁ……それが面倒だから、秘密裡《ひみつり》に動こうと思ったのに……」

部下から無言で見つめられる。子犬に縋《すが》られている気分になり、倉持は溜息をもう一度つくと、頭を掻《か》いた。

＊＊＊

「どうされましたか？　殿下」

倉持からの電話を切り、カーディフはアディルに声をかけた。

「兄はこのホテルから帰ったか？　あと、先ほどの真備もこのホテルから出たか至急調べろ」

「すぐに調べさせます」

アディルが答えると、彼の傍《そば》にいた部下が急いで部屋から立ち去る。

今朝、兄を警戒して倉持にはボディーガードをつけることにしたが、兄に監視をつけなかったことが裏目に出たようだ。倉持の話から考えると、兄が真備を拉致した可能性が高い。

カーディフはサマルーンの気配を気で探るが、兄はベータなこともあり、普通すぎてなかなかその気配を感じることができなかった。

ベータの中にも時々、アルファ並みに優秀な人間がいるが、兄は自称、その人間だと言って憚《はばか》らない。失笑ものだが、カーディフも兄にその通りだと同意しているように見せかけているだけで、実際は普通のベータだ。こうやって気配を探るだけで、すぐにわかる。

一方、真備はアルファだと言っていたが、彼のアルファの気を先ほど見ることをしなかったのもあり、気配を探っても曖昧《あいまい》だ。ホテル内でアルファの気配を数人ほど感じるが見分けがつかなかった。

彼らの行方を摑めないでいると、部下が戻ってきてアディルに耳打ちした。それをアディルが報告する。カーディフとその部下では身分の差が大きく、直接口がきけないのだ。

「殿下、お二方ともこのホテルから出た様子がないとのことです」

思った通りだ。兄はこの部屋で会った、真備を拉致したのだろう。真備が倉持の知り合いであることを、盗み聞きしたか何かで知ったに違いない。

たぶん真備を餌《えさ》に、倉持をおびき出そうとでもしているのだろう。

「確かに続けて摘発されれば、愚兄もおかしいと思うくらいの脳はあるか……。それにしても、私の言葉を信用しなくなってきた証拠でもあるな。そろそろ私が従順な振りをしていることにも気づき出したか」

愚兄だが、愚かゆえに御しやすかった。だが、いろいろと知恵をつけ出すとなると、彼の手綱を締めなければいけない時期が来たのかもしれない。

「ホテルマンの誰かに金を摑ませて、一室に閉じこもっているのだろう。ホテル側に連絡して防犯カメラをチェックさせろ」

「かしこまりました」

兄のことだ。何をするにも、弟よりグレードの低い部屋を用意されることに腹を立てるはずだ。だが、このホテルで一番グレードの高い部屋はここだ。なら、少なくとも、この部屋により近いグレードの部屋を手配させるはずだ。

「この一つ下のジュニアスイートに、昨夜まで感じなかったアルファの気配がある。そこの防犯カメラからまずチェックさせろ」

このアルファの気配が真備である可能性が充分高い気がした。

「わかりました。すぐに手配させます」

アディルの声に、部下の男が一礼をして、また去っていった。

カーディフはソファーから立ち上がり、アディルに声をかけた。

「出かける用意を」

「はい」

アディルがすぐさま衣装の準備をしだす。民族衣装からスーツへと着替える間、カーディフは自分の心が急激に冷めていくのを感じていた。

——兄上、ケンに手を出そうとした愚かさを知るがいい。

このホテルのどこかにいるサマルーンに、カーディフは激しい怒りを覚えていた。

数分のうちに、予想通り、下の階のジュニアスイートに兄が入るのを防犯カメラが捉《とら》えていたことがわかった。

カーディフは自分のSPを引き連れ、サマルーンがいるジュニアスイートへと向かった。

案の定、扉の前にはアラブ人系のSPが立っていた。

「兄上は中か？」

カーディフの声にSPが敬礼をし、かしこまる。

「カーディフ殿下、申し訳ありませんが、サマルーン殿下は只今、取り込み中でございます。改めてお越しいただけませんでしょうか」

「おとなしく、私の言うことを聞け」

カーディフがコマンドを告げると、その場にいたSPらがすぐに道を開けた。エクストラ・アルファの精神コントロールだ。最高種であるエクストラ・アルファは、その能力の一つに自分より下のバースを支配下に置くことができるというものがある。

カーディフはドアを開け、中へと入った。数人の使用人が慌ててこちらへ向かってくるが、すべてコマンドで動きを封じる。使用人が廊下の脇《わき》に寄り、カーディフに道を開ける。すぐに兄がいるリビングへと着いた。

カーディフは自分のSPをリビングの扉の前に控えさせた。

「お前たちはここに。私が呼ぶまで入ってくるな。兄を刺激したくない。わかったな」

ＳＰたちが小さく頷くのを確認し、カーディフはリビングのドアを開けた。

すぐ目の前のソファーでサマルーンがサッカーの中継を熱心に見ているのが目に入る。

「兄上、何をされているのですか？」

「カーディフ！　きさま、どうしてここに！」

突然のカーディフの来訪によほど驚いたのか、ソファーから立ち上がるサマルーンの声が裏返った。

カーディフはさっとリビングを見渡し、真備がいないか確認した。だがそこに姿はない。すぐ気を巡らせ、辺りを探ると、寝室のほうからアルファの気配を感じることができた。すぐに寝室へと向かう。

「どこへ行く、カーディフ！　誰か、この弟を止めろ！」

兄が声を張り上げるが、誰も来ない。なぜならこのリビングに結界を張ったからだ。結界の中の出来事は外にはまったく聞こえない。だからこそ、カーディフは自分のＳＰもリビングの外へ待機させたのだ。

カーディフは誰にも邪魔されることなく、寝室のドアを開ける。すると、そこには猿《さる》轡《ぐつわ》をされた真備がベッドの上に転がっていた。

「ミスター真備……」

思った通りであったが、さすがに本当に縄で拘束されているとは思っていなかった。なんの関係もない人間に、よくもこんな仕打ちができたものだと、サマルーンの低俗さに改めて嫌気が差す。

「んっ……んんっ……」

「すぐに外す」

何か縄が切れるものはないか辺りを見回すと、サマルーンがカーディフの手首を摑んできた。

「お前は何をしている」

「兄上、それは私の言葉です。何をしているのですか？　彼は日本の警察ですよ。こんな仕打ちをしたら、両国の間に問題が起きます。早く彼を解放してください」

カーディフは兄の手を振り払った。兄は振り払われた手を不機嫌そうに見つめて、また視線をこちらへ向けてくる。

「ふん、私に指図する気か。大体お前が悪いのだぞ。お前が日本の若造に入れ込んで、私を陥れたからだ。お前への処罰は後で考えるが、日本にいる間に、あの倉持とかいう日本人は、痛めつけないとどうにも我慢ならん」

「兄上……」

「今、倉持という男にこの男の姿を写真に撮って、スマホで送ったところだ。すぐにここに来るだろう」

もう愚かを通り過ぎている。そんなことをしたら逮捕されてもおかしくない。

「警察を脅してどうするんです」

「父上がこの国の警察の上層部と親交が深いらしい。頼めば警察官の一人くらいどうにでもなるさ。そうだ。お前にチャンスをやろう。私と口裏を合わせ、この真備とやらの男が私を襲ったことにすればいい。それで警察に抗議するため、写真を送ったというのはどうだ？　上手くできたら、今回はお前を許してやろう」

どこの幼児だと思わんばかりの稚拙な策だ。いざとなったらカーディフに罪を着せようと思っているに違いない。

「……いい加減にしろ」

「なに？」

「いい加減にしろと言っている、サマルーン」

「その口の利き方はなんだ！」

サマルーンが激昂《げきこう》して、カーディフを殴ろうと手を上げた。だが——

グォォォォン……。

一瞬空気が大きく揺れる。自分の力が解放されるのを、カーディフは静かに感じていた。

「なっ……うっ……」

サマルーンが立っていられないとばかりに床に膝《ひざ》をつく。その目が大きく見開かれたまま だ。全身が重力に引っ張られるような感覚に驚いているに違いない。

「カ……カ……ディフ……」

床に這《は》いつくばっても、どうにかカーディフに触ろうと、必死に手を伸ばしてきた。

「そろそろあなたの愚鈍さにも嫌気が差してきましたよ、兄上」

彼の双眸が怒りで益々大きく見開いた。

「もう私の周りをうろつかないでいただきたい。国に帰ったら蟄居《ちっきょ》でもされるがいい」

コマンドを口にすると、兄の顔に苦痛が浮かんだ。これでもう彼はカーディフの言葉に逆らおうとすると、精神的に苦痛を覚えることになる。そして半ば強制的に蟄居せざるを得なくなるのだ。

「うっ……」

その時だった。サマルーンが低く呻《うめ》いたかと思うと、動けないはずなのに、大きな唸り声を上げて立ち、カーディフに向かってナイフを突き出してきた。どうやら懐にナイフを隠し持っていたようだ。

「っ……」

カーディフがそのナイフを避けようと身を捩《よじ》ると、いきなり横から伸びてきた足がサマルーンの手にあったナイフを蹴《け》り落とした。

「何をぼっとしているんだ、あんた！」

すらりとした青年が、叱責《しっせき》とともに、いきなりカーディフの前に現れた。颯爽《さっそう》とした様子に、こんな時だというのに見惚《みと》れてしまう。

「ケン……」

「サマルーン・ソラド・ビン・ラム・バルーシュ。真備宏和、誘拐の容疑で逮捕する」

倉持はカーディフのことなど無視をし、サマルーンの手に手錠をかけた。

だがカーディフはそこで驚くべきことに気がついた。

ケンに私の結界が効いていない——？

このリビングと寝室には誰にも入ってくることができないように結界を張っていた。外からは中の様子もわからないし、この中に入ろうとすると、心のどこかで拒否反応を示して入ろうとは思わなくする作用がある。

それが——。

彼は結界が張ってあることにも気づいていない様子だった。

エクストラ・アルファの力を無効化できる唯一の存在――。

それは、伴侶、アルファオメガしかいない。

どういうことだ――？

倉持はアルファオメガではない。完全なるアルファだ。それがどうして……。

カーディフの本能が彼を自分の一部だと、すでに認識し始めているのだろうか。

運命のつがいであれば、バースに関係なくエクストラ・アルファの力を無効化できるというのか？

聞いたことがなかった。だが、その一方で、やはり彼が運命のつがいであることを思い知らされる。そしてその運命のつがいに拒否されるという一抹の寂しさに心が震えた。

愛したい――。

愛したいのに――。

愛することで彼の尊厳を傷つけてしまう。

自分がこれほどまでにエクストラ・アルファであることを悔いたことはない。

普通のアルファであるなら、アルファとして出会い、そしてアルファ同士のつがいでもよかっただろう。

だがエクストラ・アルファという力がある限り、いつか本能で彼をアルファオメガへと

変異させてしまう日が来るかもしれない。今は理性で彼を変異させないようにしているが、愛が勝れば勝るほど、自分のエゴを抑えておける自信がなかった。

その一方で、このまま彼を彼の望むままの形にできるだけしてやりたいと思うのも、本心の一つだ。

ただ、問題もあった。エクストラ・アルファの力の無効化は、その伴侶である証《あかし》だ。そしていつかそれに気づく輩《やから》も現れ、倉持を危険に晒《さら》すことが出てくるだろう。

どうしたら――。どうしたらこのままの状態で、彼を守れるのか。

自分の力を無効化された。これが事実なのが、まだ信じられない。アルファオメガではないバースに無効化の力が備わるなど学術上ではありえない。

もしかして彼もまた、カーディフを運命のつがいだと認識しているのだろうか。心では繋がっているのだろうか――?

「おい、殿下、大丈夫か? カーディフ……殿下!」

彼が心配そうに肩を揺すってきた。それでカーディフは我に返った。いつの間にか、サマルーンは別の警官らしき男に連行されていた。

「あ、いや、すまない。大丈夫だ」

どうにか答えると、彼の端整な顔がわずかに歪《ゆが》んだ。

「あんたの兄貴はうちの人間に連れていかせた。俺は真備をバース医療センターまで連れていくが……あんたは大丈夫か？」

どうやらよほど、彼の目には頼りなく映ったらしい。珍しく心配そうに見つめられた。

「大丈夫だ。兄がまさか私を刺そうとしてくるとは思っていなかったから、驚いただけだ」

適当に言葉を繕った。だが倉持は、そんな嘘の言葉には騙されないようで、少しだけ眉間に皺を寄せた。

納得はしていないようだったが、今は他にやることがあるとばかりに、倉持は真備を拘束していた縄をナイフで切り、起き上がらせた。

「とりあえず真備を連れていく。また後で連絡をする」

「ああ、彼のことは申し訳なかった。また改めて謝罪する」

真備の意識はあるようだが、かなりふらついていた。たぶんカーディフのエクストラ・アルファの力にあてられたのだろう。倉持の支えでどうにか歩いている様子だった。

するとと倉持の視線と再び合う。

「……あんたを少しでも疑って、悪かった」

「え？」

「帰る」

倉持はプイッと横を向いてさっさと歩いていってしまう。

カーディフは真備を支えながら去っていく倉持の背中をずっと見つめていた。

＊＊＊

結局倉持は、機動隊こそ出動させなかったが、バース課で真備救出のための本部を急きょ作り、救出作戦を決行した。

もちろん、形を整えただけで、本部といっても、課員数人に手伝ってもらっただけだ。後でまた辻褄が合うように書類を作って、後出しで上司のサインを貰っておけば、とりあえずは形式を守ることができるだろう。

いい加減だが、それで真備が救出できたのだから、誤魔化《ごまか》し通すしかない。

サマルーンについては警備局が間に入ることになったらしいが、調べれば、先日摘発した秘密クラブのオーナーであることも明るみに出るであろうから、いずれはバース課にも
結局、関係してくることはわかっていた。

「……倉持、手間をかけさせたな」

バース医療センターの病室のベッドに横たわった真備が、やっと落ち着いた様子で話しかけてきた。その声に倉持は安堵《あんど》の笑みを零した。

「一つ、貸しな」

そう言うと、真備が小さく頷いた。

「なんだ、おとなしいぞ、真備。調子狂うから、早く元気になれ」

倉持はベッドの脇に腰かけ、彼の顔を覗《のぞ》き込んだ。

検査では彼に特別異常はなかった。ただ疲労が溜《た》まっていたらしく、今日一日、入院することになった。疲労が溜まっていたのは、たぶん普段の業務のせいだと思ったが、それは黙っておいた。

「倉持……」

「なんだ？」

「たぶん俺はエクストラ・アルファの力にあてられたんだと思う。すごい圧だった。本当にねじ伏せられるかと思うほどだったからな。あの兄とかいう男も、現に床に這いつくばっていた。あれがエクストラ・アルファの力なんだな。俺は初めて経験したよ」

「そうか……」

「……だが、お前は平気だった」

「え？」

倉持は改めて真備の顔を見た。

「あそこは、殿下が結界を張っていた」

「結界？」

「そうだ。殿下が結界を張ったため、誰もあの騒ぎを気にすることもなく、いわば、密室状態だった」

カーディフが結界を張っていた？

そんなはずはない。倉持はまったく何も感じずに部屋へ、寝室へ入ったのだから。

「お前は気づいていなかったかもしれないが、寝室に入ってきたのはお前だけだった。山崎さんも、他の課員らも寝室どころかリビングにも入れなかった。いや、入ろうとも思わなかったかもしれないな。俺も結界というのはそういうものだと聞いている」

そうだ。エクストラ・アルファの結界の威力は倉持も知っている。将臣も学生時代から時々使っていた。

「だが、お前はなんでもないように、普通に入ってきた」

「いや、あれはあいつが……カーディフ殿下が、兄に刺されそうになっていたから咄嗟《とっさ》に行っただけで、他の奴らは、そんな俺に驚いていただけだろう？」

そう――。あのジュニアスイートルームに入った途端、争う声が聞こえたのだ。結界が張ってあったなら、あの声さえ倉持には聞こえないはずだ。

倉持はサマルーンの使用人に足止めを食らいそうになったのを上手く躱《かわ》し、慌てて争う声がするほうへ走った。そして寝室のドアをそっと開けて中を覗くと、床に蹲《うずくま》っていたサマルーンが懐からナイフを取り出すのが見えたので、咄嗟にカーディフの前に飛び出しただけだ。

エクストラ・アルファの結界は完璧だ。倉持程度のアルファがどうこうできるものではない。大体、結界の中での言動は一切外には漏れないのだ。今回みたいに、部屋に入った途端、争う声が聞こえるなんてありえない。結界が張ってあったとは到底思えなかった。

だが真備はそんな倉持の考えを、簡単に否定してきた。

「張っていたよ。俺はその結界の中にいたんだ。予想以上の力の圧で驚いたからな。他の皆もお前が声を上げるまでは、寝室だけでなくリビングにも寄ろうともしなかった。全員が、だ。殿下のＳＰからあそこにいた使用人まで、全員が不自然なまでにリビングの外にいた」

真備の真剣な声に、倉持は乾いた笑いを零してしまった。

「はっ……そんな、たまたまだろう。俺だけが結界を破ったなんて、スーパーマンじゃあるまいし……」

真備が何を言おうとしているのかわからなかった。いや、わかっているからこそ、わかりたくない。だが真備はそんな倉持の気持ちを無視して、話を続けてきた。

「ああ、スーパーマンじゃないな。エクストラ・アルファの結界を破れる人物は」

「エクストラ・アルファの結界を破れる人物は、って――」

「エクストラ・アルファのつがい、アルファオメガだけだ。つがいのアルファオメガだけが、その力を無効化できる」

真備の言葉に、倉持の心臓がきゅっと収斂《しゅうれん》した。だがそれと同時に笑いが込み上げる。

「はっ、莫迦な。お前、俺がそのアルファオメガだと言うのか？　ありえない。俺は先日のバースチェックもオメガ陰性で、アルファのままだったぞ」

そうだ。だからこそ、この先もカーディフの傍で彼から情報を受け取ろうと決めた。上司も倉持の続投を望んだのだ。

ただ、倉持のバースが無事なのなら、もう一つだけ思い当たる節がある。

カーディフ側の問題だ。

エクストラ・アルファは、己の命を懸けて、つがいを愛する。つがいのためにすべての力を無効化させ、裸のままの己を明け渡すのだ。切ないほどの一途《いちず》な愛が、その強靭《きょうじん》なパワーの裏に隠されている。

カーディフが、倉持を己の内に入れてもいいと望み、心を許しているに他ならない。彼は倉持に自分の命を預けるほど、倉持を大切にしているのだ。

莫迦な男だ……。自分のような男を愛してしまうなんて。

「莫迦すぎる……」

思わず声が出てしまった。

「そうだよな、お前がアルファオメガだなんて、莫迦な考えだよな」

まったく違う内容で、真備が返答してきた。倉持はそれを訂正せずに受け流す。すると、真備がベッドに横たわったまま、顔だけ倉持に向けてきた。

「お前……そろそろ殿下から離れたほうがいい」

「え？」

「お前のバースが食われるのを、黙って見ていられない」

真備の手が倉持の手の上へと重ねられた。思ったより体温が熱くてびっくりした。熱があるのだろう。

「真備？」

「俺とつがいになろう、倉持」

「え……」

いつも冗談ばかりを口にしていた男の瞳《ひとみ》は、今ばかりは真剣だった。

「俺とつがいになれば、『つがい制度』を使って、上層部に承認書を提出できる。そうしたら、こんな危険な任務からは解放される」

「いやいやいや、お前を使って、この任務から逃げろって？　おい、お前、そんなに簡単に『つがい制度』を使おうなんて思ったら駄目だろ」

そう諌《いさ》めると、真備が天井を向いて、額に手のひらを乗せた。黙って見つめていると、彼が大きく息を吐く。

「違う……。悪りぃ。仕事を理由にしてお前とつがいになろうって、弱気なことを考えた」

「ん？」

「お前が好きだ。もうずっと前からだ。お前は気づいていなかったかもしれないけど……いや、俺が気づかせないように振る舞っていたから、逆に気づかれていたら困ったんだが……。お前が好きだ」

彼がそう告げて、半身を起き上がらせた。双眸はしっかりと倉持を捕らえている。

「な……」

「俺とつがいになってくれ」

「いや、何……急に言われても……って……」

「そうだな。すぐに結婚しようというわけじゃない。ただ、そういう目で俺のことを見てくれないだろうか」

「な……」

思考停止。倉持の機能という機能が停まった。

「倉持……」

倉持の手を握っていた真備の手に一層力が入った。それでやっと我に返る。

「あ……。ちょっと待て。あのな、真備。俺はお前のことを大切に思っている。こんなひねくれた……まあ、お前も相当ひねくれているが……、それでも、こんな俺とずっと友人でいてくれることにも感謝している。だけどな……」

「いい、それ以上言うな。嫌な予感しかしない」

真備が手で自分の顔を覆って、倉持の言葉を止めた。だが、倉持は続ける。

「いや、きちんと言っておくよ。お前との間でぎくしゃくするのは嫌だからな。お前がきっちりと吹っ切れるように言っておく」

「……お前、そういうところ容赦ねぇよな」

彼が顔に当てた手のひらの隙間《すきま》からこちらをちらりと見てきた。

「ああ、こういう男だ。真備、俺は当分恋人も作らない予定だし、もちろん結婚もするつもりもない」

「倉持……」

真備が驚いた様子で手のひらから顔を上げた。

「真備、俺はこの歪んだバース社会を、自分の手で、できるだけ修正したいんだ。そうでないと、この将来、日本は独裁国家となっていくだろう。そのためには、今、日本を席巻しているバースによる派閥を解体しなければならない。このままでは独裁を招きかねない」

「確かにな。その中でも筆頭の東條グループも、東條家本家、分家ともバース操作をして、アルファの出生率を上げているしな。怖い存在だ」

「ああ、怖いな。自然の摂理を操作してまで利を得ようとする人間のエゴは、底のない怖さを感じるよ。どこまでも自分のものにしなくては気が済まず、たとえ他人を犠牲にしても厭《いと》わないハイエナだ。共食いしてくれるのなら構わないが、彼らの犠牲になるのは、大抵、一般の良心的な日本国民だ」

「だが、東條グループをどうにかするって……途方もないだろうが」

「ああ、途方もない。だからまずはゼロへ戻したい。リセットをするまで、俺は戦いたいと思う。だからそれまでは自分のことは後回しだ」

「……だから、後ろ盾になってくれそうなカーディフ殿下が切れないのか？　自分のバースを犠牲にしても？」

「いや、殿下の力に頼ろうとは思っていない。彼の立場が悪くなることを望んでいないからな」

「お前……まさか」

真備が何かに気づいたかのように口を開いた。彼が何を言おうとしているのか、なんとなくわかったが、それは正解ではない。倉持自身、自分が抱く感情をよく把握できていないからだ。

「で、話は元に戻るが、俺はお前とはつがいになれない。だからお前に期待はさせないよう、ここできっぱりと言っておく」

「酷いな……少しくらい考えろよ」

真備はわざとらしく落胆してみせたが、その様子から、諦《あきら》めてくれたのだと思う。

「それに俺は……もしすべてが終わったら、たぶん、お前じゃない男を選ぶ」

「倉持、お前、サドか？　とことん、俺を振るなぁ」

真備が力尽きたように、再びベッドに沈む。

「それが愛かどうかわからないが、俺に残されたもう一つの仕事のような気がするからだ」

彼と――、カーディフと一緒にいないといけない。そう思わせる何かが倉持の中に生まれている。そしてきっと、それは当たっているのだ。

どう人生が転んでも、きっと最後は彼のいる場所へと向かうのだろう。それが運命というもののような気がした。

「だから俺を諦めろ。俺よりいい男はなかなかいないと思うが、真備、お前もそれなりにいい男だから、運命のつがいが現れるかもしれないぞ」

「運命のつがいなんて、そう滅多にいないさ」

「そうかな。お前、今はそう言っているけど、いつか運命のつがいに会ったとき、俺に感謝するだろうよ。あの時、倉持が振ってくれたから、俺は本当のつがいに出会ったなって」

自分で言いながら笑ってしまう。我ながらいい加減な説得だ。

「わかった、お前がそう言うなら、俺は、本当の運命のつがいが現れるまで、お前を口説き続けるからな。覚えておけ」

「お前、本当にマゾだな。そんなに何度も振られたいのか」

「言ってろ」

そう言いながら真備は寝返りを打って、こちらに背を向けた。そしてぽつりと呟く。

「……なあ、倉持、お茶買ってきて」

「お茶？」

ふと彼の肩がかすかに震えたのを目にした。それで倉持は席を立つ。ここにいないほうがいいのだ。

「ああ、近くのコンビニで買ってくる。他に欲しいものはないか？　お前の夕食は後でこのセンターが出してくれるらしいが、俺のはないみたいだから、俺はついでに弁当買ってくるけど」

「りんご」

「りんご？」

「りんご、剝《む》いてくれるだろう？」

「ああ、わかった。りんごくらい幾つでも剝いてやるよ。他には？」

「タバコ」

「それは却下。それじゃあ、俺はついでに課に連絡を入れてくるから、三十分くらい席を外すが、大丈夫か?」

「ああ、行ってこい」

真備はこちらに顔を向けることなく、後ろ向きで手をひらひらとさせた。それを目にし、倉持はドアへと向かった。

「じゃ、行ってくる」

彼からの返事はない。三十分は絶対戻ってこないようにしようと思いながら、倉持は静かに病室のドアを閉めた。

■
Ⅵ
■

どうかしていた。そう、クレイジーだと自分でも理解していた。

倉持は真備とバース医療センターで一緒に夕食をとってから課に戻り、急ぎの仕事がないか確認して、珍しく早々に職場を後にした。

そしてそのままタクシーに乗り、今、倉持は老舗《しにせ》ホテルの前に立っていた。先ほどまで捕り物があったとは思えないほど、優雅な雰囲気が溢《あふ》れている。

倉持はエントランスに立つドアマンに手を上げて挨拶《あいさつ》をして中に入ると、ロビーの中央にいたコンシェルジュにも親しげに声をかけられる。要するに常連と思われているのだ。

一度もここを自分では利用したことはないのに。

言わなくても倉持の行先がわかっているドアマンがさりげなく後をついてきて、エレベーターのボタンを押してくれる。待たされることなくドアが開いたエレベーターは、もちろん専属のエレベーターだ。

彼はそのままエレベーターに乗り込むことはなく、深く頭を下げてドアが閉まるのを見送ってくれた。一緒に部屋まで上がることはない。部屋の主が断っているからだ。

目的の階までノンストップで到着すると、小気味良いベルがチンと響く。

ドアが開いたすぐ目の前には、一人のコンシェルジュが頭を下げて待っていた。こちらはこのインペリアルスイートフロア専用のコンシェルジュになる。

「お帰りなさいませ、倉持様。カーディフ様から承っております。どうぞお部屋へ」

倉持はカーディフが常宿としているホテルへと来ていた。しかも事前に連絡も入れて、だ。

黒のスーツに身を包んだコンシェルジュに伴われて、大きな両開きのドアの前へと進む。彼が呼び鈴を押すと、中からドアが開かれた。

「お待ちしておりました。倉持殿」

カーディフの使用人が恭しく倉持を出迎えた。それと同時に今まで一緒にいたコンシェルジュが一礼し、去っていく。すぐに使用人が倉持を部屋の中に招き入れた。

「主《あるじ》はまだ仕事から戻ってきておりません。ですが、もてなすように言いつかっておりますので、なんなりとお申し出ください」

「では遠慮なく。申し訳ないですが、寝かせてもらえませんか。正直、徹夜続きで精も根も尽き果てているんです。丸二日間寝ていないんですよ。もう限界で……」

「承知いたしました。こちらへどうぞ」

莫迦みたいな申し出も、男はすんなりと受け入れ、倉持をゲストルームへと案内する。

「また主が戻りましたら、お声をかけさせていただきます。では失礼いたします」

「ありがとうございます」

使用人が部屋から出ていった途端、倉持はその躰をベッドに沈ませた。

「疲れた……」

ふかふかのベッドに顔を埋《うず》める。

そうだ。俺がここに来たのは、このベッドがあるからだ。自分の家の安いベッドではなく、この寝心地のいい高級ベッドで思い切り寝たかったからだ——。

そう思うことにした。そうでなければ、カーディフを疑ったことへの謝罪を早々にしたかったと思うべきか。どちらにしても、このクレイジーさは自分では解明できない。

彼に会いたい——。

自分でも俄《にわ》かに信じられなかった。だが、武信のことが片づいて、真備も無事に救出でき、やっとどこか心が休まるところで寝ようと思ったときに、ふとカーディフの顔が浮かんだのだ。

こういうことで他人が思い浮かんだのは初めてだったので、驚くしかなかった。

わけがわからず、自分の考えを無視しようとしても、一度カーディフの顔を思い出すと、どうしても頭から彼を追い出すことができなかった。そうしているうちに面倒臭くなって、いっそのこと会いに行ってしまえばいいと思い、カーディフに連絡を入れて、このホテルまでやってきてしまったのだ。本当に自分でもわけがわからない。

「はぁ……もういい。頭が動かなくて何も考えられない。また起きたら考えよう。早く寝よ」

目を閉じた瞬間、倉持は無の世界へと落ちていった。

「ん……」

どれくらい寝ていただろう。ふと意識が浮上する。一番に目にした天井は、自分の家のものではない。そう思う傍から、ああ、ここはカーディフのホテルだったと思い出す。

ふと人の気配を感じて、視線を隣に向けてぎょっとした。ベッドの端にアラブの民族衣装、カンドゥーラを身に纏《まと》ったカーディフが座って、書類を見ているのが目に入ったからだ。いつもなら、人の気配があったらすぐに目が覚めるはずなのに、まったく気づかなかったとは不覚だ。

「あ……殿下、帰ってきてたんですか。起こしてくれればいいのに」

掠《かす》れた声で話しかけると、彼が書類から目を離さず、返答してくる。

「ああ、お前があまりにも気持ちよく寝ていたから、起こすのが忍びなかっただけだ」

彼に気遣われたかと思うと、なんとも居心地が悪く、思わず言い訳を口にしてしまう。

「二日間寝ていなかったんですよ。いつもならすぐに目が覚める」

その言葉にカーディフの視線が書類からこちらへと向けられる。それだけでなんとなくここにいても迷惑だと思われていないことがわかった。どこかホッとする。

「お前からここに来るとは、珍しいな」

「しゃ、謝罪もしたかったし。それに、いつでも来いと言ったのは、殿下でしょうが」

照れくさいのもあって、少々乱暴に返した。だが、その倉持の態度にも怒る様子もなく、彼がふっと笑みを零す。

「そうだな。こんな色っぽい待ち方をしてくれるとは思っていなかったから、言ってみるものだな」

その柔らかな声に、恥ずかしくて居たたまれなくなってくる。

「……別に色っぽいも何もない。ただ俺は疲れて寝ていただけです。変な妄想しないでくれませんか、ったく」

「悪いが、お前に関しては、私は妄想だらけだぞ？　今だって、お前から服を脱いで、私を誘ってくるのを期待している」

にっこりと笑って言われ、背筋がゾゾッとした。

「が〜っ、やめろ、やめろ。俺はそんな柄じゃないの、わかってるでしょう」

「ああ、わかっているが、そういうところも可愛《かわい》いと思っている」

顔が熱くなってくる。この男、本当に性質《たち》が悪い。

「殿下だけですよ、俺にそんなことを言うのは。自分で言うのもなんだけど、俺、かっこいいと言われるほうが多いんですけどね」

「ああ、かっこいいさ。スレンダーで引き締まった躰は、バース課、特別管理官として修羅場を潜《くぐ》ってきたんだなと思わせる。抱いたときにしっとりと指に吸いつく筋肉は、芸術品のようだ。いつまでも触っていたい」

「セクハラ」

「フッ、これくらいでセクハラと言われるとは心外だな。無防備にベッドで寝ている恋人に、手を出さなかった私に言う言葉ではないと思うが？」

「恋人じゃないし」

「まるで私に抱かれに来たようだが？　抱いてほしいのか？」

「……」

思わず言葉を失ってしまう。呆れて、ではない。自分でも曖昧でよくわからなかった本心を言い当てられたような気がしたからだ。

抱いてほしい、のか――？

わからない。ただ、この男の前だけでは、どうしてか無防備でいられることは確かだ。

いつの間にか心を許してしまったのだろうか――。

恐《こわ》くなった。自分の心の奥にこの男が入り込んでいたことに今、気づく。

いつの間に――。

いつの間にこの男に、背中を預けていたのだろうか。

愕然《がくぜん》とした。

とてもではないが、これが愛とか恋とか、そんな感情ではないことを祈るしかない。彼も自分もアルファだ。いや、彼はエクストラ・アルファだ。そんな彼と一緒にいれば、いつかアルファオメガに変異してしまうかもしれなかった。

いや、確かエクストラ・アルファが相手をオメガにしようと思わなければ、ならないはずだ。

倉持は動揺した頭で、片隅にある知識を引っ張り出した。

カーディフは王族だ。しかも王太子最有力候補と聞いている。そんな彼が、アルファのまったく靡《なび》かない男をつがいに選ぶわけがなかった。きっとお妃選びのときには、オメガの美しいつがいが、たくさん用意されるだろう。

そこから運命のつがいに出会えるかもしれない――。

シクッ……。

どうしてか安堵と同時に胸に違和感を覚える。意味がわからなかった。

黙っていると、カーディフが再び声をかけてきた。

「どうした？　まさか本当に抱いてほしいと思っていたのを、言い当てられて言葉を失ったか？」

抱いてほしかったのかもしれない。疲れると性欲が増すのは確かだ。恋人がいない倉持が性欲を解消する場所は、職業柄、無きに等しい。だから、ここに来るしかなかったのだ。

そうだ。きっとそうだ――。やっと自分の躰が何を求めていたか、答えを得たような気がして、ほっとする。クレイジーだと思っていた自分が理解できた気がした。

疲れた躰を癒し、性欲を満たすためだ。

大義名分を片手に、ようやく倉持は自分らしさを取り戻した。

「殿下がそんな察しが悪い男だとは思ってもいなかったですね」

「ほぉ……」

カーディフの片眉が面白そうだと言わんばかりに上がったかと思うやいなや、いきなり抱きかかえられた。

「えっ！」

「このゲストルームには、お前を抱いてやれる用意がない。私の寝室へ行くぞ」

「あんた、結局やる気満々じゃないですか！　俺が寝てたときは、おとなしくしていたのに」

「当たり前だ。意識のない者を抱いたとて、面白くもない。お前が私に抱かれているとしっかり認識していないと抱く意味がない。お前を可愛がるのは私しかいないと、教え込まねばならないからな」

「待て、それ嫌な予感しかしない」

「フン、今さらだ。アラブの閨房術《けいぼう》に嵌《は》まればいい」

「それ、絶対怖いぞ！」

文句を言うも、まったく聞かぬ様子で、カーディフはゲストルームから出た。そのまま寝室へと向かう。廊下で数人の使用人にすれ違うも、誰もが頭を下げ、道を譲るばかりだ。

誰か、お電話です、でもなんでもいいから、この殿下を止めてくれ——。

その願いも空《むな》しく、倉持はあっという間に、カーディフの寝室に連れ込まれた。すぐに乱暴にベッドに転がされる。

「っ……、もう少し丁寧に扱ってほしいもんですね」

「鍛えているんだろう？　これくらい平気なはずだ」

彼がのそりとベッドに上がってくる。まるで獰猛《どうもう》な獣のようだ。一瞬逃げ出したくなったが、意地で抑える。

「あんた、余裕がない男は嫌われますよ」

「覚えておこう。だが今は無理だな」

せわしなく服を脱がされる。本当に余裕がなさそうだった。

「カーディフ……」

閨《ねや》のときでしか呼ばない彼の名前を口にする。自分だけが相手の体温を欲しがっているのではないとわかると、変な意地が解けていった。

「明日は仕事なんだから、あまり無理はさせるなよ」

そう言って、カーディフの民族衣装に手を伸ばした。自分のよれよれのワイシャツと違い、質のいい白のカンドゥーラは、彼がアラブの王族であることを示しているようだった。

「そういえば、今夜は民族衣装なんですね」

「ああ、仕事はスーツが多いが、今日はもう仕事は終わったからな。大体、オフには自国の服を着ていることが多い。こちらのほうがやはり慣れている」

「脱がせるには少し不便ですけどね」

「大丈夫だ。私は協力的だからな。すぐに脱げる」

そう言って、カーディフが一旦倉持から離れると、自分でカンドゥーラを脱ぎ捨てた。その下からは張りのある筋肉に包まれたしなやかな躰が現れる。褐色の肌がこんなにも色気があるものだと知ったのはカーディフのせいだ。

なんとなく苛立《いらだ》ちを覚えて彼を睨めば、その躰が近づいてきた。倉持はその背中に手を伸ばす。彼が小さく笑った。

「積極的だな」

「今さら取り繕っても仕方ないですからね」

「なるほど、潔いな」

カーディフの指先が倉持の唇をなぞる。何度もなぞられ、次第にそこからじわりと官能的な痺《しび》れが生まれる。

「カーディフ……」

彼の名前を呼ぶと、彼がそれを合図とばかりに倉持の唇を奪った。思わぬ優しい口づけに下半身に淫猥《いんわい》な熱が溜まり出す。そのまま何度も浅い口づけを交わした。

悔しい。

こうやって彼の体温を感じることに安らぎを覚えるとは。彼が自分の弱みの一つになりつつあるのを感じずにはいられない。すると、カーディフが口づけを中断し、人の顔を見下ろしてきた。

「不本意だと言わんばかりな顔をしているな」

「やった、ラッキー、とは思っていないですね」

「なるほど。では力ずくでもラッキーと思わせないといけないな」

「うわ、それは遠慮させてもらいます。あんた、ちょっと手加減ってやつを覚えたほうがい……んっ……は……」

再びキスに襲われる。口腔《こうこう》を愛撫《あいぶ》されながら、カーディフの指が倉持の頰《ほお》に這わせられる。そのままゆるゆると感触を楽しむかのように頰を撫《な》でられ、そっと顎《あご》のラインをなぞられた。彼の指が触れたと思うだけで、節操のない自分の下半身に劣情が灯《とも》る。

ゆっくりと首筋、そして鎖骨へと彼の指が滑り落ちていく。すでにぷっくりと芯《しん》を持ち始めていた倉持の乳首に彼の指が絡んだ。

「っ……」

思わず声が出そうになったのを、すんでのところで止める。だが彼にはそれがわかったようで、口許に笑みを刻んでいた。自分だけ嬌声《きょうせい》を上げそうになったのが悔しくて、男を睨み上げるが、その様子も彼に気に入られたようで、笑みを深くした。

「可愛いな、そういう負けず嫌いというか、プライドの高い男を喘《あえ》がせることの、楽しさといったら……たまらないな」

「性格が悪い」

「それは何度も聞いているし、知っている」

「絶対、あんた……あぁっ……」

文句を言おうと口を開いたのを見計らってか、カーディフが指で弄《いじ》っていないほうの乳首に突然吸いついた。

「うっ……や……あぁぁ……っ……」

きつく吸われたかと思うと、音を出してしゃぶられる。

「な……あん……た、ひ……きょうっ……くっ……」

ビリビリとした痺れが全身を支配する。これだけでも抗《あらが》えないのに、彼はまた、もう一方の乳首を指の腹で捏《こ》ね始めた。

「だから……それっ……くっ……んっ……」

同時に両乳首を責められ、快楽の底へと突き落とされる。胸がこんなに感じるなんて、カーディフに教えられるまでは知らなかった。

すべて彼によって、自分の躰が書き換えられていくような気さえした。その恐怖には何度彼に抱かれても慣れない。

「くそ……あんた、本当に怖いんだよ。俺をどんどん塗り替えやがって……」

つい本音が零れ落ちると、彼が胸元から顔を上げた。

「私色に染まればいい」

「誰があんたの……っ、あっ……」

きゅっと乳頭を抓《つね》られ、また嬌声を上げてしまう。

「憎たらしいことばかり言うが、お前が言うと、すべて可愛い睦言《むつごと》に聞こえるのはどうしてだろうな」

「あんたの耳と理解力がおかしいからだろう？」

「ハハッ、容赦ないな」

「どうして、あん……いや、殿下は、俺が悪態ついているのに、そんなに楽しそうなんですか、ったく」

少し頭が冷静になって、とりあえず敬語っぽく話しておく。

「楽しいに決まっているからだろう？　今、確実にお前は私のことしか考えていないからな。多くの事件も、あの武信のことも、お前の頭からは、今は綺麗《きれい》に消えている。喜ばしいことだ」

そう言いながら、カーディフがゆっくりと覆いかぶさってきた。彼の少し冷たい体温に皮膚がざわつく。それで、自分の躰がすでに熱を持ち始めていることにも気づいた。

「お前から連絡があったとき私がどんなに喜んだか、お前には想像もできないだろう？」

「殿下……」

「早くこうやってベッドの上でお前を組み敷きたかった」

「……なんだか、感動していいのか、性欲魔人と言ったほうがいいのか、悩む言葉ですよね、それ」

目を眇《すが》めて言ってやると、彼が小さく笑った。いつもの尊大な笑いではなく、本当に心から笑ったという感じだった。

「悩め。悩んでいるうちに、天国へ連れていってやるさ。そうなったら、どうでもよくなっているだろう？」

少しだけ乱暴に四肢を捕らえられ、シーツに縫い留められる。

「ちょっと……」

文句を言おうと口を開くと、カーディフがふと双眸を細めた。

「以前から思っていたんだが、お前、陽に焼けていないな」

「突然、なんですか。まあ、基本インドアですからね。パリピみたいな警察官がいても、それはそれで問題になるし」

「それに、今夜はよく喋《しゃべ》る。フッ……そんなに緊張しなくともいいぞ。いつも通り、大切に抱いてやる」

「き、緊張なんてっ……」

確かに先ほどから言葉数がどうしてか普段より多かった。よく考えれば、自分からカーディフに連絡をして、ホテルに来たのは初めてだったから、いつもより緊張はしていたかもしれない。だがそれを指摘されるのと、されないのでは、羞恥《しゅうち》の差が格段と違う。

「本当に、殿下、あんた人が悪いな」

「だからそれも今さらだ」

彼の手が、勃《た》ちかけていた倉持の下半身を手で包み込んできた。その刺激に躰の芯がキュッと縮まった。だが同時にカーディフのそれが倉持の内腿《うちもも》に当たり、猛々《たけだけ》しいほどの熱を孕《はら》んでいることに気づく。

同じだ。

カーディフも欲しているのだ――。

自分だけではなく――。

彼の熱に倉持の躰が火照《ほて》る。刹那《せつな》、早く彼が欲しいと自然と腰が揺れてしまった。その姿を見て、カーディフがにやりと笑う。

「だから、お前は可愛いと言うのだ」

「もっ……早くっ……くそっ……」

焦《じ》らされるだけ、自分の中にある淫蕩《いんとう》な熱がますます高まる。

カーディフの手は倉持の劣情を扱《しご》きながら、高みへと追い詰めてきた。首を激しく横に振れば、彼の唇は無防備だった倉持の乳首へと再び落ちる。

「あぁっ……つっ……」

彼の器用な舌に絡め取られ、しつこくしゃぶられる。さらに芳醇《ほうじゅん》なワインでも味わうかのように舌の上で転がされた。

「あぁぁ……」

じんわりと躰の奥から喜悦が湧き起こってくる。待ち望んでいたとばかりに、躰が歓喜した。

「あっ……あぁっ……」

快感が増して、どうにかなりそうで怖い。

自分が自分でなくなってしまうような、そんな恐怖が襲う。

倉持はカーディフから与えられる快楽に耐え切れず、彼の肩を押し返した。だが、彼はびくとも動かず、逆に手首を摑まれた。

「怖がるな。私はお前を傷つけたり、お前が不本意なことはしない」

あ――。

真摯《しんし》に訴えかけてくる男を見上げる。

「だから私を拒むことはするな」

「カーディフ……」

「拒むな、ケン」

男の傷ついた顔が一瞬見えたような気がした。彼の瞳を見つめていると、再びカーディフが唇を塞《ふさ》いでくる。そして下唇をきつく吸いながら、問いかけられた。

「私を受け入れろ」

命令ではなく願うような声にも聞こえ、倉持は彼を突っぱねようとしていた手から力を抜いて、代わりに彼の首に手を回した。そのままキスを受け入れる。

彼の舌が縦横無尽に口内を弄《まさぐ》る。じんとした快感が躰から溢れ、神経を焼き切るような感じがした。

彼の手が再び倉持の情欲を扱き出す。すでにそこからは先走りの蜜液《みつえき》が漏れ、ぐちょぐちょと湿った音がし始めていた。

「あっ……もう……」

「もう達《い》くのか？　あと少し堪《こら》えろ」

カーディフは起き上がると、どこからか小瓶を取り出した。すぐにそれがいつもの催淫剤入りの潤滑油であることを理解する。

「催淫剤は嫌だ……指で広げるなんて……」

「駄目だ、まだ、痛みを感じてしまうからな」

「そんなの……いいから」

自分のあそこを彼の指で広げられるなんて、想像しただけで、羞恥で死ねる。多少の痛みには慣れているので、できればあんな処置はしてほしくなかった。それに催淫剤を使われると、理性が飛ぶのも嫌だった。

じっと見つめていると、彼が諦めたように溜息をついた。

「わかった。催淫剤はやめよう。だが代わりに違うことをしないとならないから、それは拒むなよ」

「わかった」

指でねちねち弄られるような真似をされないのなら、まだ弛緩《しかん》剤でも飲んで、あそこが緩まるのを待つほうがいい。すると、カーディフは小瓶をベッドヘッドに置き、今度は倉持の足元へと移動した。

「じっとしていろ」

「え？」

なんだろうと思った瞬間、膝裏に手を入れられ、彼の肩の高さまで両足を抱えられた。

「なっ！」

さらに彼の唇が倉持の双丘の狭間《はざま》に近づいたかと思うと、きわどい場所へ顔を埋めた。そしてあろうことか、舌で倉持の秘穴を舐《な》め始めた。

「なっ！　何をしてるんだっ！」

慌てて起き上がろうとしても、彼も心得たもので、倉持が起き上がれないよう押さえ込んできた。ベッドのシーツにそのまま押し倒される。そしてにっこりと笑って答えてきた。

「ここを催淫剤なしで、解《ほぐ》すんだ」

「待て。弛緩剤か何かで……」

「弛緩剤？　お前、そんなものを飲んだら足腰が立たないだけでは済まなくなるぞ」

「そこまで強いものじゃなくて……」

「舐めて解すのが一番手っ取り早い」

「いい、俺にとっては手っ取り早くない」

「だが催淫剤は嫌なのだろう？」

「舐められるよりはマシだ。百歩譲って、ただのオイルでいいだろう？」

指で弄られるのは嫌だが、背に腹は代えられない。これで手を打つしかなかった。だが。

「悪いが、ここにオイルなどない」

「はっ⁉」

「オイルは置いていないと言っているのだ」

「嘘だ。オリーブオイルとか、あるだろう？」

「もう駄々を捏ねるのはやめろ。特別管理官ともあろう者が、往生際が悪いぞ」

これは絶対わざとだ――。

彼の企《たくら》みがすぐに理解できた。

「もうシーツに染みまでできているぞ」

「くっ、あんた、絶対、楽しんでいるだろう！」

「楽しんでいるに決まっているだろう？　それに大体、催淫剤でお前が乱れる姿が見えないんだ。代わりにここを舐められて悶《もだ》えるお前を見せるのが礼儀であろう？」

「何が礼儀だ。変態が」

「フッ……、お前に言われたら、褒め言葉だと、前にも言っただろう？」

「誰に言われても『変態』は褒め言葉ではないからな。日本語をしっかり勉強しなおせ」

「ハッ、シーツも濡《ぬ》らして悶えるお前が、今さら何を言っても無駄だがな」

「っ……」

彼の整えられた指先が蕾《つぼみ》をそっと撫でた。そして淡い茂みの中で震える劣情にはわざと触れず、蜜孔に指を差し入れ押し開くと、そこに舌を挿入させた。その舌が淫《みだ》らに蠢《うごめ》く。

「あっ……あぁぁっ……」

秘部にカーディフの熱い吐息がかかった。ピチャリという湿った音とともに、濡れた生温かい感触が慎《つつ》ましく閉じた襞《ひだ》を捲《めく》り上げる。

「んっ……ああ」

蕾の周りを舌で突つかれた。そんなところが感じるはずはないのに、どうしてか倉持の躰は悦《よろこ》びを露《あら》わにする。

「あ……あぁぁ……や……んっ……は……」

カーディフの舌が隘路《あいろ》へと侵入してくる。媚肉《びにく》を捲るように何度も舐め上げられ、倉持はしゃくり上げる。

「ふっ……は……んっ……あ……」

蕾を舐めるだけでなく、きつく吸われ、しゃぶられる。時には甘く嚙《か》まれ、痛いような痛くないような刺激が与えられた。

こんなことなら、最初から素直に催淫剤入りの潤滑油に甘んじればよかった。後悔先に立たずだ。

これ……絶対、最初から仕組まれていた気がする——。

そう気づくも、これも後の祭りだ。

カーディフは倉持を散々喘がせながら、蕾がグショグショになるまで口で吸い上げた。さらに執拗《しつよう》に舐め回すと、再び指を挿入させる。つい本能的にその指を、ぎゅうっと強く締めつけてしまった。

くそ——。

心の中で自分に悪態をつく。

「欲しそうだな」

答えたくない。欲しくないと言えば、さらに焦らされるのは目に見えている。だが、欲しいとは自分からはとてもでないが言えない。

歯を食い縛って、カーディフを睨みつけるのがせいぜいだった。

「ん？　まだ足りないのか？」

倉持の状況がどうなっているか、わかっているだろうに、惚《とぼ》けた振りをして、さらにグチュグチュと指で掻き混ぜられる。

「はっ……あぁ……もうっ……うぅ……」

とうとう倉持は、すすり泣くような声を抑えることができなくなった。

「お前のここは、ずいぶんと柔らかくなって、私のものを欲しがっているが？」

そう言って、指をくいっと曲げて、中を強く擦《こす》ってきた。たぶんそこは倉持が一番弱い場所でもある。

「くそ……あんた、わかって言ってんだろがっ……あぁ……」

「勘違いというのもあるからな。セックスはきちんと合意の上でするのが私のモットーだ。確認は大切だろう？」

「こういうときだけ……っ……あっ……」

躰の中に沈められた指が大きく動かされる。しかもどうやら本数も増やしているようだ。

「まだ足りないか？　それともそろそろ私が欲しいかのか、はっきりと言ったらどう

「だ？」

「くっ……」

なけなしのプライドを掻き集めて、NOと言いたかった。だが、もうそんな余裕のないところまで来ているのも確かである。

くそ……二徹明けだからだ。こんなに感じるのも、際限なく疲れているせいだ――！

自分で納得できる言い訳を念頭に置き、とうとう己の欲望を口にしてしまった。

「もう、さっさと挿《い》れろ！　遅漏すぎるのも嫌われるぞ！」

途端、カーディフの豪快な笑いが聞こえてきた。

「ハハッ……。遅漏すぎるのも嫌われるか。では私も嫌われるな。持続力には自信があるからな。だが、お前に退屈はさせないから安心しろ」

「何が安心しろだっ……な……あぁぁぁっ……」

いきなり彼の熱く滾《たぎ》った肉杭《にくくい》が、蜜路に強引に押し入ってくる。一瞬、引き攣《つ》るような痛みを感じたか感じないかで、すぐに倉持に凄絶《せいぜつ》な快感を与えてきた。愉悦の淵《ふち》へと追い詰められる。

「あっ……あぁぁ……はっ……あぁぁ……ふっ……」

大きく揺さぶられた。

「すっかり私に馴染《なじ》んでいるな」

「あ……言って……ろ……あぁぁ……っ……」

遠慮の欠片《かけら》もなく最奥まで入り込んでくる灼熱《しゃくねつ》の楔《くさび》に眩暈《めまい》を覚え、きつく目を閉じた。敏感な隘路を隙間なくぴっちりと彼に埋め尽くされ、どうしてか満ち足りた感じさえしてしまうのが悔しい。

「ケン、目を開けて、私を見ろ。誰に抱かれているのか意識しろ」

芯が震えるような熱の籠った囁《ささや》きに、倉持はきつく閉じていた目を開く。目の前には情欲に濡れた男の顔があった。

刹那——、心臓が締めつけられる。どうしてか彼と熱を分かち合う行為がとても切なく感じた。

彼ともっと強い何かで結ばれたいのに、そうでないから胸が苦しくなる。

なぜだ——？

認めたくないのに、絶対違うはずなのに、彼が運命のつがいではないかという理屈を超えた感覚が襲ってくる。

どこか自分の一部が彼の中にあって、それをどうしても手に入れたいような衝動——。

いや、そんなはずはない。

自分はアルファだ。そして彼は――エクストラ・アルファ。自分にとって運命のつがいの定義に当てはまらないバースだ。ありえない。

固まる倉持の手をカーディフがそっと持ち上げる。

「お前は私のものだ。だが、私はお前が納得するまで待つ」

「――待つ？」

捕らえた倉持の指先に、彼が優しくキスを落とした。指先から熱が充塡《じゅうてん》されたようで、躰が一層熱くなり、溶けてしまいそうになる。同時に背筋に淫蕩な熱が駆け上がった。ぞくぞくっと全身が震え、その拍子にカーディフを締めつけてしまう。だが彼はそれだけでは満足しないとばかりに、意地悪く腰を揺すってきた。

淫靡《いんび》な痺れを全身に感じ、倉持はまた意図せずに声を上げてしまった。

「あぁ……ふ……っ……」

カーディフは己の欲望のまま、抽挿を激しくする。蕾の際まで引き抜くと、一気に倉持の奥へと穿《うが》った。自分でも知らぬ躰の奥まで、他人を受け入れる。本当ならとてもではないが嫌悪感でいっぱいになるはずなのに、相手がカーディフのせいか、それがない。むしろ満たされるような感覚に陥るのは気のせいか。

「はぁぁっ……っ……」

「いいか？　ケン」

耳朶《じだ》を嚙まれながら囁かれ、ずんと下肢に重みを増した。己の全身がさらに熱を帯びる。

「ふっ……あ……あぁぁ……」

彼の抽挿が一層激しくなった。倉持の腰の動きに合わせ、中を擦り上げ、さらに掻き混ぜる。まるで一定のリズムを刻んでいるようだった。凄《すさ》まじい色香を伴う情欲のタンゴを彷彿《ほうふつ》とさせる。鋭く、切れるような緊迫感。愛なのか憎しみなのかわからない劣情。すべてが倉持の中に流れ込んでくる。

「はあぁぁぁぁぁぁっ……」

目の前が瞬間、真っ白になった。己の劣情が大きく爆《は》ぜる。

「まだだ。まだだぞ」

彼が容赦なく腰を動かす。彼の腰が臀部《でんぶ》に当たり、パンパンと音がするのを耳にしながら、彼に揺さぶられるまま喘いだ。

「あっ……あ……あ……あぁぁ……」

「っ……」

彼が小さく唸ったと同時に、倉持の躰の中に生温かい飛沫《ひまつ》が当たった。熱が破裂し、その激情が注ぎ込まれる。カーディフもまた達ったのだ。

「あ……あんた……また……ゴム……あぁぁぁぁ……」

「後で綺麗に洗ってやる」

カーディフはそう言うと、まだ息が整わず、肩で息をしている倉持の頬に手を伸ばし、そのまま口づけをした。

「んっ……」

自然と彼の胸の中に閉じ込められる形となる。彼の体温がじんわりと倉持を包み込んだ。なんともいえない安心感が心の底から溢れ出る。

悔しいが、こうやって彼の体温を感じることで気持ちが落ち着くのも確かで、カーディフが自分の大切なものの一つになりつつあるのを、肌で感じてしまう。

「これを身に着けておけ」

カーディフが倉持の指にすっと指輪を嵌めた。

「あ……あんた、何やってんだ」

心底驚いた。まさか結婚指輪の類《たぐい》ではないかと一瞬焦る。だが、

「我が王家に伝わる魔除《まよ》けの指輪だ。お前が任務で怪我《けが》などしないように身に着けておけ」

「仕事で指輪なんてできるわけないだろう?」

恥ずかしさも手伝ってぶっきらぼうに返してしまう。

「鎖に通して、首からぶらさげて肌身離さず持っておけ」

「ぶらさげてって……」

ラピスラズリだろうか。濃い蒼《あお》の宝石が嵌まっていた。

「こんな……いいのか」

「ああ、お前が持っていれば、私も少し安心するからな。お前のためならある程度のことは耐えられるが、死んでしまうことだけは、許さないからな。覚えておけ」

「簡単に死ぬかよ」

「ああ、そうだ。だから万が一だ」

彼が耳朶にそっと息を吹き込む。くすぐったくて身を竦《すく》めると、彼が吐息だけで笑った。

「もうお前も体力が回復してきたようだな。さあ、次に移ろうか」

「次にって……」

「まだ夜は長いからな。私のお前に尽くす献身さを今夜は見せてやろう」

「献身さって……」

まだ中にあったカーディフのイチモツが大きく嵩《かさ》を増していた。

「あんた……何を大きくし……あっ……」

再び腰をゆるゆると動かされ、息を呑む。際限なく与えられる大きな喜悦に、結局は倉持もその身を委《ゆだ》ねた。

考えるべきことはたくさんある。後回しにしてはいけないことが山積みだ。だが今は少しだけ何も考えずに、心の休息を得たかった。

その相手がカーディフだということに、少し疑問は感じるが、それさえも払拭《ふっしょく》するほどの居心地の良さに、倉持は理性を手放したのだった。

＊＊＊

特定の人間にしか番号を教えていないスマホの画面に、振動音と同時に見知らぬ番号が表示される。カーディフはアディルに視線を送ると、そのスマホを渡した。アディルはスピーカー機能を作動させると、慎重にその電話に出た。

「アハラン」

アラビア語で応答すると、向こうからは日本語が聞こえてきた。

『朝から失礼します。こちら、カーディフ・ラフィータ・ビン・ラム・バルーシュ殿下の番号でお間違いないでしょうか？　わたくし、先日お世話になりました東條将臣と申します』

ちらりとアディルがこちらに視線を向ける。カーディフは手を出し、彼からスマホを受け取った。

「その通りだ、ミスター東條。君から連絡をいただけるとは、珍しいな」

スピーカー機能を作動させたまま、答える。

『実は殿下にお聞きしたいことがあり、連絡をいたしました』

アディルと視線を合わせながら会話を続けた。

「私に聞きたいこと？」

『倉持健司の連絡先を教えていただけませんでしょうか？』

思ってもいない頼みに、自然と片眉が跳ね上がった。

倉持健司は今、寝室で意識なく眠っている。カーディフも今朝、どうしてもチェックしなければならない仕事があって、リビングまで起きてきただけだ。もう少ししたら、また彼の寝るベッドへと戻るつもりだった。

「なぜ、私に？」

『殿下には貸しがありますでしょう？』

スマホ越しに将臣が小さく笑うのがわかる。先日の兄への仕置きの件で、将臣の特権を利用させてもらったことを指しているのだろう。あれも倉持可愛さに手を出しただけだが、倉持が将臣に直接礼を言わない代わりに、自分が多少考慮してやってもいいと思っていた。

だが、質問の内容が悪い。教えてやれるものではなかった。

「あれは私の持つ北アフリカのコネクションの提供で手を打ったはずだが？」

『もう一つくらいいいではありませんか。私も殿下のはた迷惑な兄弟喧嘩《げんか》に巻き込まれたのですよ？　聖也が誘拐されたと聞いて、どれだけ私が肝を冷やしたか……』

「フッ……確かに君には迷惑をかけた。できることなら、もう一つくらい要求を叶えてもいいのだが、残念ながら、倉持健司という人物は知らない。もちろん連絡先も知る由もない」

『ご存じ、ない……のですか』

「ああ、もし知るようなことがあったら、すぐに連絡しよう。話はそれだけかな？　申し訳ないが、私は今からビジネスで出かけなければならない。これで失礼するが、いいかな？」

『……あ、はい。お忙しいところ煩わせて申し訳ありませんでした。では失礼します』

意外とあっさりと通話が切れる。それを見ていたアディルが口を開いた。

「将臣殿は、今のやりとりで殿下と倉持殿に繋がりがないと諦められたのでしょうか。いやに簡単に引かれましたが……」

「どうだろうな。私がケンと繋がっていることはわかっているのかもしれないが、私が知らないと言うなら、どう尋ねても知らないと言われると思ったのではないのか？　あの男のことだ。尋ねても教えてもらえないような、無駄な質問は、何度もしないのだろう」

利口な男だと思う。

「なるほど。ですが、これからも知らぬ顔をされるのですか？」

「そうだな。私はお人よしではないからな。みすみすライバルに塩を送る趣味はない」

するとアディルが驚いたように目を見開いた。

「ライバルと言われましても、将臣殿はすでにご結婚され、愛妻家だと聞き及んでおりますが？　倉持殿とどうこうなるとは……」

「恋愛だけではないのさ。ケンを縛る感情というものは。恋愛だけなら、いざとなったら、私のほうへ向かせる自信もある。だが、将臣という存在は、倉持にとって唯一無二のものだ。私がどう足掻《あが》こうが、将臣と同じ場所には行けない」

親友としての信頼と裏切り、罪悪感と正義感が複雑に混ざり合う感情が、将臣という人物に向けられている。それはある意味特別なものだ。

彼にしか抱かない感情――。

しかもそこには羨望《せんぼう》のような憧《あこが》れが混じっていることに、カーディフは気がついていた。

それを向けられている将臣に嫉妬する。

「……ケン本人は気づいていないかもしれないがな」

「え？　何をですか？」

「いろいろとだ。だが、教えてやるつもりはない。私は優しい男ではないからな」

「よくわかりませんが、あまり倉持殿を苛《いじ》めになりませんよう」

「肝に銘じておこう」

軽く鼻を鳴らしてそう答えると、寝室から大きな叫び声が聞こえてきた。続いて、ベッドから転げ落ちるような音とともに、騒がしい足音が近づいてくる。そして寝室のドアが豪快な音を立てて開けられた。これにはさすがにアディルが注意する。

「倉持殿、どうぞお静かに」

だが倉持はアディルの顔をちらりと見ただけで、カーディフを睨んできた。

「殿下、どうして起こさなかったんだ！　遅刻決定だ！」

「ああ、安心しろ。真備が今日、すでに登庁しているというから、彼に連絡して、お前は今日は貯まりに貯まった有給休暇を消化すると上司に伝えるよう言っておいた」

「な、真備が今日登庁してるって、どうして知っているんだっ!?」

「今朝、お前のＳＮＳに入ってきていた」

「……人のＳＮＳを勝手に見るな」

きつく睨まれるが、軽く無視をし、淹《い》れたてのコーヒーに口をつけた。いつも感情をフラットに保とうとする彼が、自分の前でだけ喜怒哀楽を表すのが楽しい。

「あんた……ああ、もういい。あんたに何を言っても無駄だって学習した。はぁ……」

彼が素肌に白いバスローブをいい加減に羽織っただけの姿は、朝から目に悪いが、この姿を見ながらブランチをとるというのも、なかなかいいものだ。

「とりあえず、ダイニングでブランチでもどうだ。私もまだコーヒーしか飲んでいないからな」

「……腹いっぱい食べてやる」

「それは頼もしいな。食後の運動が楽しみだ」

そう言ってやると恨めしそうに見つめられる。その瞳が下心を持った男にはたまらないというのに、懲りない奴だ。

「食べたら、戻って仕事する」

「真備の話によるとヤマが済んだから今日はお前に用はないと言ってたぞ」

「真備め」

恨み言をぶつぶつ呟く倉持を見て、カーディフはほくそ笑んだ。

真備にわざわざ連絡したのはもちろん牽制だ。昨夜、倉持と寝たことを仄《ほの》めかすために連絡を入れ、お前の入る余地はないと言外に告げてやった。

だが彼は『諦めませんから』と前置きをし、『あなたには昨日迷惑をかけましたから、ここはひとつ譲っておきましょう』と、余裕な態度も見せてきた。

まあ、負け犬の遠吠《とおぼ》えなど、どうでもいいか……。

カーディフは小さく笑うとソファーから立ち上がり、倉持をエスコートしながらダイニングへと向かった。

＊＊＊

倉持はカーディフに伴われて、無駄に広いスイートルームの廊下を歩いていた。先ほど側近のアディルが急いでリビングを出ていったのを見かけ、彼が倉持の好きなガレットを用意してくれているのだろうと察する。

本当にここの使用人たちにはいろいろと世話になり、そして迷惑をかけている。

たぶんそれは自分が、主、カーディフの情人だからだ。そして誰もが二人の行く末を、それぞれの思いで心配をしている。

倉持の性格上、何も言われないことに甘えてはいられなかった。そしてこの男にも、何も言わず期待をさせるほど、倉持も悪ではなかった。

「なあ……」

呼びかけると彼の視線がこちらへ向けられる。こんな一流の男が自分を相手にしているのが、こうやって一緒にいるというのに、信じられない。

「――あんた、待つって言っただろう」

なんの話だろうかと、彼が怪訝な表情をする。昨夜ベッドの上で彼が言った言葉だと、倉持は心の中で付け足した。

『お前は私のものだ。だが、私はお前が納得するまで待つ』

それに対しての答えだが、もし彼がわからなくても、それでいいと思えた。今じゃなくとも、いつかわかってくれればいい。

「待っても何もないかもしれない。けど、あんたと何もなかったら、俺はきっと誰ともなんにもならない。それだけは、今、はっきり言える」

「え……？」

彼の瞳に一筋の光が見えた。もしかしたら、意味がわかったのかもしれない。

「約束はできない。俺に嫌気が差したら、いつでも俺を見捨てろ。自分を一番大切にしてほしい。それが、俺がお前に望むすべてだ」

そう言い切ると、彼が寂しげに笑みを零した。

「何を言うかと思えば……。お前の望みは叶えてやりたいが、それは少し叶えてやれないかもしれないいな」

「カーディフ……」

「私を負担に思うな。今まで通り、お前は前へ進んでいけばいい。私はお前の枷《かせ》にはなりたくない。ただ、お前が羽を休めるときに、寄りかかる木であればいいと思うだけだ」

彼が倉持の手を持ち上げたかと思うと、愛おしげにその指先にキスを落とした。

本当は簡単に振り払えるはずなのに、それができない。

エクストラ・アルファの力を使われているわけでもないのに、自分の意のままに躰が動かせない時があるのを、倉持はこの時、初めて知った。

■　エピローグ　■

カフェスタンドで朝食としてサンドイッチとコーヒーを胃に流し込み、倉持はさっさと店を出た。

時間通りだ。このまま登庁すればいつも通り、あの満員エレベーターの餌食《えじき》にならずに済む。少し足を速めれば、あらぬところに疼痛《とうつう》が走った。

昨日、散々カーディフに抱かれたせいだ。彼を受け入れたところはもちろん、躰が淫蕩な熱を持ち、節々も痛い。だが最悪かと思えば、気持ちは晴れやかで、認めたくないが、しっかり充電できたような気がした。

人混みを縫ってもうすぐ庁舎が見えようとしていたときだった。前方から見知った男が歩いてきた。

っ……。

躰が一瞬硬直する。だが表情には出さない。そのまま倉持は男の横を通り過ぎた。だが後ろから腕を摑まれる。

「倉持、少し時間をくれないか」

男の顔を一瞥《いちべつ》することなく、倉持は答えた。

「悪いですが、時間がないので失礼します」

「倉持、一度話をする機会を作ってくれないか。お前のことを、きちんと理解したい」

「別に話なんてないですよ、東條さん」

仕方なく男の顔に視線を向けた。すぐ隣に立っていたのは、十年以上前に別れを告げた東條将臣だった。

「お前が学園にいたとき、私は何も知らずに、お前を助けることができなくて、すまない。私は東條一族の地位に、なんの疑いもなくふんぞり返っていた」

「あなたに、そんなことを言われる覚えはないです。では時間がありませんので」

摑まれていた手をそっと取り戻し、前を向く。これ以上、彼といたら登庁してきた誰かに気づかれそうだ。倉持が踵を返すと、背後から声がかかった。

「たとえ進む道が違っても、私とお前の目指すべき場所は同じだと思う」

目を閉じる。

違う。同じではない。

胸に思いを落とす。彼に言う気はなかった。

リバース・サイド

将臣《まさおみ》は父、将貴《まさたか》と一緒に車に乗っていた。その夜、東條《とうじょう》グループに衝撃的なニュースが走ったからだ。

東條武信《たけのぶ》が、オメガに対しての性的虐待の常習犯として警察に逮捕されたのである。そのため、東條グループ総帥、鷹司夜源《たかつかさやげん》から東條家本家、そして分家の当主らに緊急招集がかかった。

将臣にとっては寝耳に水の状態だった。叔父《おじ》には先ほどまで会っていたこともあり、尚《なお》更《さら》だった。

将臣が失踪《しっそう》した武信の居場所を捜索している際も、警察の気配などまったく感じることはなかった。

バース社会においての名家、東條一族が相手ということで、よほど慎重に警察も動いたのかもしれない。

だがあまりにもタイミングが重なりすぎる。聖也《せいや》を誘拐したのも、あの狡猾《こうかつ》な叔父にしては迂闊《うかつ》だと思っていた。あの叔父の行動から、何か切羽詰まったことが起きて、焦りから崩れたような気がしてならない。もしかしたら、武信よりも一枚上手の誰《だれ》かに踊らされ、そして自滅に追い込まれたのだろうか。

誰か、第三者が仕掛けた――？

そう思わずにはいられなかった。


東條一族現総帥、鷹司夜源の鎌倉《かまくら》の本宅は、鬱蒼《うっそう》と生い茂る庭木の中に、ひっそりと佇《たたず》んでいる。千坪近い本宅は、檜《ひのき》造りの立派な門を潜《くぐ》り、玄関まで日本庭園が続く、かなり大きい純和風の屋敷だ。

そこで将臣は初めて夜源の妻、鞠子《まりこ》と出会った。

武信の東條家からの除籍が会合で決定され、そのまま長い廊下を玄関へ向かって歩いていると、急に背後から呼び止められたのだ。

「東條様」

振り返ると、恐ろしいほど美しい女性が立っていた。それは人間離れした、何か畏怖《いふ》さえも感じる美しさである。

軽くウェーブがかかった黒く艶《つや》やかな髪に、長い睫《まつ》毛《げ》に隠された、どこまでも深い黒色の瞳《ひとみ》。その瞳を見つめていると、闇《やみ》の深淵《しんえん》に吸い込まれそうな錯覚さえ抱いた。

彼女が一歩近づく。それだけでブワッと押しのけられるような力を感じた。アルファを圧倒するほどの力はオメガにあるまじきものだ。

「あまり兄に関《かか》わらないでやってくださいね」

背筋に一瞬電流のような痺《しび》れが駆け上ったような気がした。エクストラ・アルファである将臣をここまで圧倒するオメガがいるのだろうか。

「では、また。ごきげんよう、将臣様」

ふわりと彼女が背中を向け去っていく。将臣はしばらくその場から動けないでいた。

＊＊＊

東條家の本家や分家が帰っていった後の屋敷は、しんと静まり返っていた。

「今夜はお疲れ様でした、あなた」

鞠子はリビングに戻ると、すでにそこでくつろいでいた夜源にしなだれかかった。

「東條のせがれには会えたか？」

「ええ。立派な後継者でしたわ」

「あまり困らせるんじゃないぞ」

「あら、あなた、妬《や》いていらっしゃるの？」

「そうだな、お前の周りにいる男はできるだけ排除したい」

冗談交じりにそんなことを言われ、鞠子はクスクスと笑った。

「まあ、素直なことを仰《おっしゃ》ってくれるのね。嬉《うれ》しいわ」

鞠子はそのまま夜源の胸へと頬《ほお》を預けた。彼の鼓動が鼓膜に響き、安堵《あんど》に包まれる。

「お前は少しブラコンすぎるな。一体、何を企《たくら》んでいる？」

「あなたなら、おわかりになるのではありませんか？」

じっと彼を見上げると、夜源が小さく笑った。やはりこの男はすべて感じとっているようだ。知った上で鞠子を傍《そば》に置いている。

「まあ、あまり派手にやるな」

「大丈夫ですわ。わたくしだって自分の身は可愛《かわい》いですもの。ただ、あなたに害が及ぶようでしたら、止めてくださいな。わたくし自身はすべてあなたのためにとも思っておりますから」

その言葉にちらりと夜源が視線を鞠子に向けてきた。

「兄のためではないのか？」

「ふふ、またやきもちを妬いてくださるの？　そうね、兄のためでもありますが、あなたのため、わたくしのため。強いて言えば、日本の未来のため、とでも思ってくださると嬉しいわ」

「夜叉《やしゃ》をその胸に秘める者か……」

昔、夜源が鞠子に告げた言葉だ。後で、有名な占い師にも言われた。

「そういえば、武信のこと、お前も一枚嚙《か》んでいるのだろう」

彼にすべてがばれていると思うと、笑みが零《こぼ》れてしまった。

「ふふ……、あなたの足を引っ張るような輩《やから》だったでしょう？　あなたに害をなすような男は、わたくしには必要ないですもの。よくなかったかしら」

そう問うと、彼がそっと頭を撫《な》でてくれる。

「いや、構わない。お前がやらなくとも、私が手を出すところだったな」

「あら、あなたが出るほどのことではなくてよ」

鞠子は夜源のシャツの襟元のボタンを一つ外す。

「お前が武信と食事をするというのは、なかなかいい気持ちはしなかったがな」

「あなたには、ちゃんと事前報告をしたのにですか？」

「ああ、したのに、だ。少しお前にはお仕置きが必要かもしれんな」

「ふふ……どんなお仕置きかしら？」

鞠子は夜源の膝《ひざ》の上に座ると、そのまま彼に口づけたのだった。
少しずつ己の夢に近づいていることを感じながら——。

双子ちゃん、ピクニックへ行こう！

「パパ、パパ、おにぎり、おにぎり！」

聖也《せいや》がキッチンでお弁当を作っていると、聖流《せいる》が将司《まさし》と一緒に嬉《うれ》しそうにお弁当箱を覗《のぞ》き込んできた。

「将司はウインナーが好きだし、聖流はおにぎりが好きだもんな」

「うん。シャケさんが入っているのが一番しゅき！　まさくんはウインナーもしゅきだけど、ツナマヨのおにぎりもしゅきだよね」

「うん」

将司が小さく頷《うなず》く。聖流はよく喋《しゃべ》るのに対して、将司は子供にしては寡黙だが、しっかりしている双子の兄だ。

今日は将臣《まさおみ》も有休をとって、親子で遊園地へ行くことになっていた。

聖也もそろそろ海外研修という名目の育児休暇が終わるため、精いっぱい子供たちと一緒に遊ぼうと、一ヶ月前から決めていたお出かけであった。

「聖也、子供たちのリュックサックはこれでいいのか？」

クローゼットから将臣が子供たちのリュックサックを取ってきてくれた。

「ああ、それ。うさちゃんのが聖流で、くまさんが将司のだから」

両方とも二人が好きな青色のリュックなので、見分けるためにうさぎとくまのワッペンをつけたのだ。

「ああ、わかってるよ」

将臣がてきぱきとリュクサックの蓋《ふた》を開けて、将司と聖流に入れるものを見せながら、説明していく。

「ハンカチとティッシュはここに入れとくからな。あとオレンジジュースのパックも入れるぞ」

子供たちでも背負えるようにと、なるべく軽い、小さな紙パックのジュースを将臣が用意していた。ちゃんと水筒は将臣が別に持っていく予定だ。最近二人とも、自分でいろんなものを持ちたがるようになったので、とりあえず、飲み物は紙パックを持たせていた。

「さあ、ここにおにぎり入れようか」

聖也は二人の、小さめに握ったおにぎりを、それぞれのリュックサックに一つずつ入れた。

「一個しかないのぉ?」

聖流が両頬《りょうほお》を膨らませて文句を言ってくるが、聖也は笑顔で答える。

「あとはお父さんが持ってくれるんだって。もし悪い奴がおにぎりを盗みに来たら、大変だろう？　お父さんなら、悪い奴らをやっつけちゃうから、安心だよ」

「さすが、おとーしゃん！」

聖流が将臣の足に抱きついて喜んだ。そんな聖流の様子を見ながら、聖也はリュックを嬉しそうに見つめる将司にも声をかけた。

「将司もちゃんと自分のリュックサック、持つんだよ」

「うん」

テーブルの上には、くまさんとうさぎさんのワッペンが縫いつけられた青いリュックサックがちょこんと並んで置かれている。それを見て、聖也は幸福で胸がいっぱいになった。

「将臣……」

隣に立つ将臣に声をかける。

「ん？」

「ありがとう。こんなに幸せな世界を与えてくれて。お前は本当に最高の夫だよ」

「聖也……」

将臣が感極まったような顔をして抱きしめてきた。そっと彼の頬に唇を寄せ――、

「まさくん！　それ僕のおにぎりだよ！　返してっ」

いきなり聖流の声がキッチンに響いた。

「え？」

慌てて声のしたほうへ目を向けると、確かに聖流のおにぎりを将司が自分のリュックサックに入れようとしているところだった。

聖流の声に将司もびっくりしているようで、固まったままだ。

聖也はすぐに将司の傍《そば》へ駆け寄った。将司は聖流の物を奪うような子ではない。絶対何かある。

「将司、どうしたんだい？　このおにぎりのほうがよかった？」

青くなった将司に負担がかからないようにそっと声をかけた。すると、将司は首を横に振った。

「重いから……」

「え？」

「重いから、僕が持っていこうと思って。それに、僕だって、悪いやつが来たら、やっつけてやるし……」

将司の目が次第に赤くなってきた。そしてとうとう聖也の膝《ひざ》に顔を埋《うず》める。

「将司……」

どうやら将司はおにぎりが重いからと、聖流の分も持ってやろうと思ったようだ。それに聖流が父親、将臣のことを褒めたのも、将司をその行動に仕向けた原因であろう。

将司は聖流のことが大好きだからな……。

仕方ないなぁ……。

聖也は苦笑して、自分の膝に顔を埋める将司の頭をぽんぽんと叩《たた》いて、やっぱりこっちも泣きべそをかいている聖流に声をかけた。

「どうしてお兄ちゃんがとったと思うんだい？」

「だって、とったもん」

「そうかな？　もし将司が自分のものにしようとするのなら、遊園地に行ってからとったほうが、荷物も軽いし、お兄ちゃんは楽だろう？　それなのに、今から自分のリュックに入れたっていうのは、聖流、お前のことを思って、荷物を持ってくれたんだと思うよ」

「僕のことを思って？」

「うん、ちょっと重いだろう？　だから将司はお前の代わりに持ってあげようと思ったんだ」

「あ……」

聖流の大きな目がさらに大きく見開く。そしてみるみるうちに大粒な涙を溢《あふ》れさせた。

「まさくん、ごめんなさい」

そのまま聖也の膝に顔を埋めていた将司のところまで走ってくると、背中から将司をぎゅっと抱きしめた。

「ごめんね、まさくん……。僕、間違ったこと言っちゃった。まさくん、ごめんね。聖流のこと許して」

その声に、将司が拳《こぶし》で目元を拭《ぬぐ》って、聖流に振り返った。

「僕も聖流に言わずにしまっちゃって、ごめん……」

「まさくん……。ううん、まさくんは全然悪くない！」

聖流がさらにぎゅうっと将司にしがみつくと、将司も聖流にしがみついた。

どうやら仲直りできたようだ。ほっと一息つくと、隣から将臣がひょっこりと顔を出した。聖也の肩に顎《あご》を乗せ、甘えた表情で話しかけてきた。

「さすが聖也だな。二人のパパだ。惚《ほ》れ直す……」

「それはありがとう。僕からも将臣、君に一つ言いたいことが」

「なんだい？」

聖也は机の上に置いてあった、もう一つのバッグを指さした。それは将臣のバッグだ。

「どうしてピクニックに行くのに、そのコンドームがいるんだ？」

バッグからちらりと覗くのは、見覚えのあるパッケージだ。肩に顎を乗せていた将臣の躰《からだ》が動揺したのか、ぴくりと動く。

「う……いや、万が一のために……」

「そんな万が一はないぞ！」

ぴしゃりと言ってやると、将臣が大袈裟《おおげさ》に悲鳴を上げた。

今度は子供たちがこちらを心配する番になってしまった。

「パパ、おとうさん、どうしたの？」

「それがな、パパがおとうさんのコン……うっ」

思い切り将臣の足を踏む。

「お前、子供相手に何を言うんだっ！」

「うわっ」

将臣の声に、子供たちも楽しそうに騒ぎ始める。

今日も東條家は賑《にぎ》やかな朝を迎えていた。

一緒にピクニックへ行こう。

あとがき

こんにちは。または初めまして、ゆりの菜櫻です。『アルファとつがい』シリーズのスピンオフ、倉持健司君のお話になります。たくさんのリクエストをありがとうございました。今回は前作を読んでいないと、少しわかりづらいかもしれません（大丈夫だといいですが…汗）。改めて説明することをストーリーの展開上、少し減らしております。

最初の検挙シーンは『腹黒アルファと運命のつがい』社会人編の事件、高校生の時の事件は『腹黒アルファと運命のつがい』の本編と、また、途中で東條武信を嵌める事件は『スパダリアルファと新婚のつがい』とリンクしております。この二つの事件の裏にいかに倉持が関わっており、そして動いていたかがわかる内容になっております。

素敵なイラストはアヒル森下先生です。実はずっと好きで、このシリーズのイラストを描いてくださると決まった時は本当に嬉しかったです。ありがとうございました。

また、ここまで読んでくださった皆様、そして担当様、ありがとうございました。

ゆりの菜櫻

本作品は書き下ろしです。

ラルーナ文庫

この本を読んでのご意見・ご感想・ファンレターなどお待ちしております。〒111−0036 東京都台東区松が谷1−4−6−303 株式会社シーラボ「ラルーナ文庫編集部」気付でお送りください。

熱砂《ねっさ》のロイヤルアルファと孤高《ここう》のつがい

2020年7月7日 第1刷発行

著　　者｜ゆりの 菜櫻《なお》
装丁・DTP｜萩原 七唱
発 行 人｜曺 仁警
発 行 所｜株式会社 シーラボ
〒111-0036 東京都台東区松が谷 1-4-6-303
電話 03-5830-3474／FAX 03-5830-3574
http://lalunabunko.com
発 売 元｜株式会社 三交社（共同出版社・流通責任出版社）
〒110-0016 東京都台東区台東 4-20-9 大仙柴田ビル 2 階
電話 03-5826-4424／FAX 03-5826-4425
印刷・製本｜中央精版印刷株式会社

ISBN978-4-8155-3239-0